OS CAÇA-MISTÉRIOS

O diário perdido de Pernambuco

GERENTE EDITORIAL: Fabricio Waltrick
EDITORA ASSISTENTE: Fabiane Zorn
ASSISTENTE DE ARTE: Thatiana Kalaes
COLABORADORA: Sara Souza Gomes
PREPARADORA: Cláudia Cantarin
COORDENADORA DE REVISÃO: Ivany Picasso Batista
REVISORAS: Ana Luiza Couto, Cátia de Almeida
PROJETO GRÁFICO: Mabuya Design
ILUSTRAÇÃO DE CAPA: Mauro Souza
COORDENADORA DE ARTE: Soraia Scarpa
EDITORAÇÃO ELETRÔNICA: Estudo Gráfico Design
TRATAMENTO DE IMAGEM: Cesar Wolf, Fernanda Crevin
PESQUISA ICONOGRÁFICA: Sílvio Kligin (coord.)

CIP-BRASIL. CATALOGAÇÃO NA FONTE
SINDICATO NACIONAL DOS EDITORES DE LIVROS, RJ

M385d

Matta, Luis Eduardo, 1974-
O diário perdido de Pernambuco / Luis Eduardo Matta ; ilustrações Mauro Souza. - 1. ed. - São Paulo : Ática, 2012.
168p. : il. ; - (Olho no lance) (Os Caça-Mistérios)

Inclui apêndice
Anexo: cartão decodificador
ISBN 978-85-08-15369-5

1. Olinda e Recife (PE) - Literatura infantojuvenil. 2. Novela infantojuvenil brasileira. I. Souza, Mauro, 1974-. II. Título. III. Série.

11-6371.

CDD: 028.5
CDU: 087.5

MISTO
Papel produzido a partir de fontes responsáveis
FSC® C137933
www.fsc.org

ISBN 978 85 08 15369-5 (aluno)
ISBN 978 85 08 15370-1 (professor)
Código da obra CL 737874 | CAE: 269475

2022
1ª edição
6ª impressão
Impressão e acabamento: Vox Gráfica

Avenida das Nações Unidas, 7221 – CEP 05425-902 – São Paulo, SP
Atendimento ao cliente: 4003-3061 – atendimento@aticascipione.com.br
www.aticascipione.com.br

LUIS EDUARDO MATTA

O DIÁRIO PERDIDO DE PERNAMBUCO

ILUSTRAÇÕES
MAURO SOUZA

editora ática

QUEM SÃO OS CAÇA-MISTÉRIOS

Júlia

Nome completo: Júlia de Castro Álvares Cabral

Idade: 12

Uma qualidade: Sou muito determinada. Quando decido fazer uma coisa, faço mesmo e ninguém me segura.

Um defeito: Sou meio vaidosa. Ou melhor: sou vaidosa e meia. Tento disfarçar isso, mas nem sempre consigo. Aliás, quase nunca consigo. Nunca acho que estou suficientemente bonita e bem-vestida.

Meu passatempo favorito: Escolher roupas e acessórios para vestir e fazer combinações diferentes e originais entre eles. Às vezes me enrolo toda e fica parecendo que estou com uma fantasia de carnaval.

Meu maior sonho: Ser estilista ou produtora de moda. Adoro moda.

Um pouco da minha vida: Meus pais moram no interior, onde eu e meu irmão André nascemos. Quanto fiz oito anos, fui morar com minha avó, Olga, na cidade, para estudar. Meus pais vivem, até hoje, numa fazenda. Vou sempre visitá-los nas férias, mas fico logo doida para voltar, pois eu gosto mesmo é da cidade grande.

André

Nome completo: André Luiz de Castro Álvares Cabral

Idade: 11

Uma qualidade: Sou criativo (pelo menos é o que me dizem e eu acredito) e estou sempre procurando um *hobby* novo.

Um defeito: Não gosto de atividades físicas e me canso com facilidade. Também não sou lá muito corajoso.

Meu passatempo favorito: Varia muito. Depende do dia.

Meu maior sonho: Poder ficar um mês inteirinho deitado numa rede, sem fazer nada, só comendo coisas gostosas e lendo um livro bacana.

Um pouco da minha vida: Assim como minha irmã Júlia, me mudei para a casa da vovó Olga na cidade, para estudar. Nas férias costumo ir com a Júlia visitar meus pais na fazenda, onde eles moram. Lá aproveito para ler bastante. Adoro livros policiais e de suspense, e filmes de ação.

Uma qualidade: Me adapto a qualquer situação. Sou daquele tipo que "topa tudo" e de vez em quando acabo quebrando a cara por causa disso.

Um defeito: Às vezes sou um pouco debochado e ranzinza. Não liguem. No fundo, eu sou legal.

Meu passatempo favorito: Conversar com os meus amigos. O problema é que eu falo demais e a maioria dos meus amigos, de menos.

Meu maior sonho: Quando ficar mais velho, passar uns meses viajando pelos países árabes. Me acham maluco por querer isso, mas eu não estou nem aí.

Um pouco da minha vida: Nasci em Bagdá, capital do Iraque, e, quando minha mãe morreu, vim com meu pai, Mustafá, morar no Brasil. Eu era bem pequeno e acabei virando um menino de duas pátrias, o que é muito, mas muito bacana.

Rachid

Nome completo: Rachid al-Majid

Idade: 12

Dona Olga

Nome completo: Olga Maria de Castro Álvares Cabral

Idade: 65

Uma qualidade: Sou muito observadora.

Um defeito: Sou aventureira e, muitas vezes, não me dou conta dos perigos que me esperam.

Meu passatempo favorito: Desvendar mistérios.

Meu maior sonho: Conhecer pessoalmente o "Leão", meu chefe, com quem só me comunico pelo computador. Até hoje não sei o seu nome e nem como é o seu rosto. Confesso que fico curiosíssima em saber como é o "Leão". Mas é claro que eu nunca disse isso a ele.

Um pouco da minha vida: Sou descendente direta de Pedro Álvares Cabral, o navegador português que descobriu o Brasil. Trabalhei trinta anos para a Interpol, a Polícia Internacional. Me aposentei há três anos, mas continuo na ativa.

FIQUE LIGADO!

O sumiço do frei Cornélio desperta uma série de suspeitas: apenas uma viagem inesperada ou teria sido ele a vítima de um sequestro, que poderá revelar um terrível plano?

Prepare-se para participar de uma aventura cheia de ação e solucionar os enigmas junto com os Caça-Mistérios. No decorrer da história, vão aparecer perguntas que você deverá responder usando seu conhecimento, sua inteligência e sua intuição. Às vezes, as pistas estão nas ilustrações; outras vezes, você deve usar o raciocínio. E ainda há casos em que, para chegar às respostas, é preciso ter boa memória. Por isso, vale a pena ler o livro com atenção.

No envelope anexo à capa, você encontrará um decodificador. Você deve colocá-lo sobre o texto oculto na superfície vermelha da página para conseguir ler a resposta.

MAS ATENÇÃO! Primeiro tente responder só usando a cabeça, sem precisar do decodificador. Depois de dar sua resposta, coloque o decodificador na superfície vermelha para conferir se acertou ou não. Se acertar, marque um ponto na sua Ficha de Detetive, que está na página 152.

Os Caça-Mistérios contam com a sua ajuda para resolver o mistério de *O diário perdido de Pernambuco*. Bom divertimento na leitura – e na resolução dos enigmas!

SUMÁRIO

Eu sabia que a minha paixão por roupas acabaria me ajudando a decifrar uma pista! Agora só falta você descobrir se ela é a correta...

Mesmo com a correria, sobrou tempo para investigarmos as delícias da cozinha pernambucana. Cada coisa boa!

Passei um sufoco quando vi minha melhor amiga em perigo e não poupei esforços para investigar esse caso em todos os detalhes!

Em pleno Carnaval, desmascaramos o criminoso!

1

TENSÃO NA FOLIA

Caminhando pelo sítio histórico de Olinda, tomado pelo agito da terça-feira de Carnaval, dona Olga, Júlia, André e Rachid nem sonhavam com o que os esperava naquela noite.

Passava das sete, e a festa prometia avançar pela madrugada. Os quatro subiram e desceram por horas as ladeiras da cidade, margeadas por antigos casarões e sobrados de fachadas delicadas pintadas em cores variadas ou recobertas por azulejos. Tudo para assistir a mais um dia do tradicional Carnaval da cidade histórica pernambucana e curtir seus bonecos gigantes, seus estandartes bordados e a alegria contagiante dos foliões, dançando e pulando sem parar ao som dos frevos e maracatus.

Júlia retirou o espelhinho guardado no bolso da bermuda e quase entrou em desespero ao ver que a maquiagem que tinha aplicado com o maior cuidado estava toda borrada. Ela segurou uma mecha do cabelo suado e resmungou:

— Eu estou parecendo uma bruxa...

André, que caminhava bem ao lado dela, segurando uma sombrinha colorida do frevo, respondeu:

— Você levou todos esses anos para perceber isso?

Júlia olhou-o com cara amarrada:

— Vê se toma cuidado para não sair voando com essa sombrinha, viu, Mary Poppins?

André não deixou por menos:

— E você, toma cuidado para não pegar em nenhuma vassoura, senão quem vai sair voando é você.

Eles haviam chegado a Pernambuco na quinta-feira anterior e iam ficar por lá uma semana. Há tempos, Júlia dizia que queria conhecer o Carnaval de Olinda. Desde que assistira pela primeira vez ao desfile dos famosos bonecos gigantes na televisão, ela os achou o máximo, "superestilosos". Dona Olga simpatizou com a ideia. Não só pelo Carnaval e pelas belezas do lugar, mas também porque seria uma oportunidade de rever sua velha amiga Almerinda, que há quarenta anos vivia em Olinda, desde que se casara com um militar pernambucano. O marido havia morrido, mas Almerinda adotara Pernambuco como seu novo lar e nunca mais deixara o estado. Nem a passeio.

Dona Olga chegou a procurar um lugar para ela e os meninos se instalarem, só que, por causa da temporada de Carnaval, a cidade estava lotada e não havia mais vagas em hotéis e pousadas, ou imóveis para locação. O único lugar interessante que dona Olga tinha encontrado foi um belo sobrado no Alto da Sé, anunciado na internet. O imóvel era grande demais para quatro pessoas, mas mesmo assim ela tomou nota do endereço e de alguns dados e ligou para o telefone que aparecia no site. A pessoa que a atendeu, no entanto, limitou-se a informar que o anúncio era do ano anterior e que a casa não estava mais disponível.

Foi então que Almerinda os convidou para se hospedar na sua casa, um antigo sobrado na rua Vinte e Sete de Janeiro, bem no coração da cidade. Dona Olga a princípio relutou. Não queria importunar a amiga com aqueles três jovens adoráveis, porém barulhentos — e só ela sabia como eles podiam ser barulhentos! Mas, sem alternativas e com as passagens já compradas, acabou concordando.

Já no primeiro dia na cidade, dona Olga percebeu que seus temores não tinham fundamento: Almerinda se entendeu muito bem com Júlia, André e Rachid e os quatro se tornaram grandes amigos. E ficar na casa de uma pessoa amiga sempre é mais aconchegante do que se hospedar num hotel.

Procure pelo número 1 no mapa da p. 154
e veja onde fica a casa de Almerinda.

Estavam a poucos metros da casa de Almerinda, mas não tinha sido fácil chegar lá, tamanha era a quantidade de foliões na rua, agitando-se ao som do clássico frevo *Vassourinhas*. Com os pés moídos de tanto andar e os ouvidos zunindo por causa da música alta, André era o mais rápido. Queria voltar logo para a casa de Almerinda para retomar a leitura do livro policial que iniciara no voo entre o Rio e Recife. Ele estava chegando ao clímax da história, quando o detetive ia começar a desvendar o assassinato de uma professora, e por isso foi se espremendo de qualquer maneira entre as pessoas. Rachid viu a oportunidade e o seguiu, aproveitando o caminho aberto pelo amigo apressado.

Estavam quase conseguindo, quando Rachid sentiu uma mão apertando o seu ombro com força.

Ele levou um baita susto e, ao se virar para tirar satisfações, deu de cara com uma garota que devia ter mais ou menos a sua idade, com uma peruca de cabelos negros e compridos e vários colares pendurados no pescoço.

— Legal a sua fantasia — ela disse, apontando para o *kefié* de Rachid, que, por sinal, não estava fantasiado. — Do que é?

— Não é fantasia — rosnou Rachid, contrariado. Olhou para o lado, mas André tinha sumido.

— Estou fantasiada de "Mulher do Dia". É uma boneca famosa aqui do Carnaval, a companheira do "Homem da Meia-Noite" — a garota comentou. — Sabia que deu o maior trabalho conseguir essa peruca? Ano que vem, vou fazer como você: vou pegar um pano de prato na cozinha, amarrar com um barbante e usar como fantasia. É bem mais simples.

"*Pano de prato amarrado com barbante?* Essa peruca deve ter fervido os miolos dela", pensou Rachid.

Ele tentou explicar:

— Isso aqui não é nem nunca foi um pano de prato. Chama-se *kefié*. É usado pelos árabes.

— Que legal. Então é fantasia de árabe?

— Não é uma fantasia!

— Posso ser sincera? Você devia ter caprichado mais. Posto uma túnica e uma barba preta e comprida. Mas o que vale é a diversão.

"Essa menina é surda ou o quê?"

— Não é uma fantasia! — insistiu Rachid.

— Eu sei que não. Fantasia é maneira de dizer. Um pedaço de pano é muito pouco para ser chamado de fantasia.

— Eu uso esse *kefié* todos os dias... Eu sou árabe.

— E eu sou a "Mulher do Dia"!

A garota começou a se agitar e a pular ao som do frevo e sumiu rapidamente em meio à multidão em festa. Naquele momento, dona Olga e Júlia apareceram. Dona Olga estava quase sem ar:

— Disposição não me falta, mas confesso que não estava preparada para todo esse agito — sua expressão era de pura alegria, apesar do cansaço.

André já estava a postos, impaciente, na frente da casa de Almerinda. Dona Olga colocou a chave na fechadura da porta e anunciou:

— Todo mundo para dentro. Vamos comer, tomar uma ducha e dormir. O dia foi puxado.

Eles entraram e, ao fecharem a porta, a música do lado de fora pareceu ficar mais distante. André já se preparava para correr para o seu quarto, onde estava o livro, quando percebeu que havia algo errado ali dentro. Dona Olga, Júlia e Rachid sentiram o mesmo. A casa estava estranhamente escura. Naquele horário, Almerinda costumava ficar ali, na sala, lendo ou assistindo a TV.

Acenderam a luz e passaram os olhos pela sala, que estava a maior bagunça. Uma das poltronas tinha sido virada, as portas e as gavetas da cristaleira estavam escancaradas, e cadeiras, objetos e papéis haviam sido jogados no chão.

— Parece que passou um furacão por aqui — disse Júlia, horrorizada.

— Alguém deve ter aproveitado o movimento do Carnaval para invadir a casa — especulou André, esquecendo-se na mesma hora do livro policial. Afinal, havia um mistério de verdade na sua frente.

— Dona Almerinda não é rica — comentou Rachid. — Por que alguém iria assaltar a casa dela?

— Hoje em dia rouba-se por qualquer coisa, meu querido — disse dona Olga, começando a temer pelo pior. — Vamos procurar por Almerinda!

Eles se dividiram em dois grupos: Júlia e André para um lado e dona Olga e Rachid para o outro. Enquanto os dois irmãos procuraram nas salas e na cozinha, o outro grupo foi até os fundos da casa, onde ficavam os três quartos.

Ao chegarem perto do quarto de Almerinda, viram que a porta estava fechada. Devagar, dona Olga aproximou-se e ouviu uma voz vinda lá de dentro.

— Não adianta negar, velhota. — Era uma voz de adulto imitando criança. Dona Olga e Rachid não conseguiram identificar se era de homem ou de mulher. Mas a pessoa falava com raiva. — Você é amiga do frade. Se o diário não está aqui, você é a única que sabe onde ele está.

— Já disse que não sei de nada — a voz de Almerinda saiu trêmula. Ela choramingava. — Eu juro!

Dona Olga disse bem baixinho para Rachid:

— Vá avisar os outros! E liguem para a polícia. Rápido!

Rachid correu pelo corredor e, ao dobrar à direita para entrar na sala, deu de cara com Júlia, e os dois se estatelaram no chão.

— Está com pressa? — resmungou Júlia.

— Tem uma pessoa com dona Almerinda no quarto dela. — Desta vez Rachid não tinha tempo a perder com discussões, e pôs-se de pé imediatamente. — Precisamos chamar a polícia.

— Nenhuma viatura da polícia vai conseguir entrar na rua com esse bloco passando aí fora — Júlia falou, levantando-se. — Temos que pensar em outra coisa.

— O bandido deve estar armado — disse André. — E se tiver mais gente com ele?

O rosto de Júlia se iluminou.

— Tive uma ideia — falou a menina. — Venham comigo!

Ela atravessou a sala na direção da porta. André perguntou:

— O que você está pensando em fazer?

— Vocês vão ver.

Júlia abriu a porta e começou a abordar os foliões que desfilavam no bloco. Teve o cuidado de selecionar os homens mais fortes.

— Tem uma pessoa dentro da nossa casa — ela dizia a cada um deles, apontando para a casa de Almerinda — que está ameaçando uma senhora. Você pode nos ajudar a expulsá-la, por favor?

Em um minuto, Júlia recrutou uns dez valentões, que não pensaram duas vezes e entraram na casa parecendo querer esmagar quem se pusesse na frente deles. Rachid e André até saíram do caminho para não atrapalhar a passagem.

— Estão naquele quarto — Júlia apontou o cômodo para os homens.

André e Rachid foram atrás. E ouviram a voz de dona Olga, que se assustou ao ver aquele pelotão carnavalesco na direção dela:

— Mas o que é isso?!

Os foliões não responderam. Um deles meteu o pé na porta e todos entraram como uma manada de bois em disparada. Almerinda estava amarrada na cadeira da penteadeira, choramingando e balançando a cabeça continuamente de um lado para o outro, como se negasse alguma coisa com veemência. Ao seu lado, uma pessoa usando uma fantasia de bruxa — incluindo uma horrenda máscara esverdeada e o chapéu pontudo — gritava, exasperada.

Dona Olga soltou um grito:

— Deus santíssimo! Almerinda!

A "bruxa", ao se ver diante daqueles dez homenzarrões, saltou pela janela que dava para os fundos da casa com uma agilidade impressionante.

Dona Olga, Júlia, André e Rachid correram para socorrer e desamarrar Almerinda, enquanto alguns dos homens convocados pela menina pularam a janela atrás da "bruxa", antes que ela se misturasse à muvuca de Carnaval que tomava as ruas.

Assim que se viu livre das cordas, Almerinda abraçou dona Olga e os garotos.

— Você está bem? — dona Olga perguntou.

— Estou viva, graças a Deus. Isso é o que importa — respondeu Almerinda, nervosa.

Um dos homens que ficaram perguntou:

— As senhoras precisam de segurança para a casa esta noite? Querem que chame a polícia?

— Não é necessário — respondeu Almerinda. — Obrigada, meu jovem.

— Era um assalto? — indagou Júlia.

Almerinda respirou fundo.

— É uma história comprida. Assim que eu recuperar o fôlego, conto a vocês.

Mas dona Olga e Rachid já sabiam que a "bruxa" não tinha invadido a casa para assaltar dona Almerinda. O objetivo dela era outro.

A "bruxa" quer o diário de um frade.

SERÁ QUE VOCÊ SABE?

Como dona Olga e Rachid descobriram isso tão rápido?

Releu o texto com atenção e achou a resposta? Mais um ponto na Ficha de Detetive!

2

O FRADE DESAPARECIDO

Dona Olga foi até a cozinha preparar um suco com maracujás frescos colhidos no pomar da casa. Enquanto isso, Júlia, André e Rachid arrumaram a sala. Almerinda, apesar de muito nervosa, orientava os garotos sobre onde guardar as coisas espalhadas pelo chão. No mesmo instante em que eles terminaram, dona Olga apareceu trazendo uma bandeja com uma jarra enorme de suco e cinco copos com gelo.

— E então, Almerinda? — disse dona Olga, servindo a bebida. — O que aquela "bruxa" queria com você?

Almerinda tomou um gole do suco e sentiu de imediato o efeito calmante do maracujá.

— O diário de frei Cornélio. É um frade franciscano. Ele mora no sobrado aqui ao lado e está desaparecido desde quinta-feira passada.

— O dia em que a gente chegou — lembrou André, admirado com a coincidência. Ele estava com o livro policial na mão e doido para abrir na página marcada, mas sentiu que, se fizesse isso, ia pegar mal.

— Ele vai celebrar daqui a poucos dias o casamento da filha de uma ricaça de quem ele é muito amigo — Almerinda ficou tristonha de novo. — Estou preocupada. O frei é um bom homem, um homem de Deus. E é meu amigo. Tenho medo de que ele esteja nas mãos de bandidos.

— Que diário é esse que a "bruxa" está procurando? — perguntou Rachid.

Almerinda sacudiu os ombros:

— E eu lá sei? Nunca ouvi nada sobre um diário.

André interpelou dona Olga e Rachid, indignado:

— Que história é essa de diário? O que vocês estão escondendo de mim?

— De nós — frisou Júlia. — Eu também não sei de diário nenhum.

— Ninguém sabe — reagiu Rachid. — Vocês não acabaram de ouvir dona Almerinda falar que nunca ouviu falar de diário nenhum do frade?

A voz de André ficou ainda mais alta:

— Ah, é? Então por que vocês tocaram no assunto?

— A "bruxa" perguntou à dona Almerinda sobre o diário do frade — explicou Rachid. — Parece que ela achava que o diário estava aqui.

Júlia fez beicinho, magoada.

— Puxa vida... E só agora vocês contam pra gente?

Rachid e dona Olga se entreolharam.

— Ô, Júlia, você não acha que essa não é uma boa hora para dar piti? — ralhou Rachid.

Júlia encrespou-se:

— Ah, é? Então me diz uma coisa: se estivesse no meu lugar, como é que você reagiria, hein, seu Rachid?

Rachid fez pose de sábio e declarou, com a voz levemente impostada:

— Eu reagiria com a calma dos justos e a certeza de que vocês só demoraram a me contar para me poupar de fortes emoções.

Júlia ficou tão, mas tão revoltada com a postura indiferente de Rachid, que precisou se segurar para não voar em cima dele, arrancar aquele pano de prato patético que lhe cobria a cabeça e apertar bem apertado o seu pescoço.

Mas sua raiva se dissipou na mesma hora ao ouvir a gargalhada de André:

— Você, calmo? Rá-rá-rá-rá, essa é boa. Rá-rá-rá-rá, só você mesmo para divertir a gente numa hora dessas, Rachid.

Rachid ficou olhando para ele sem reação.

— Qual é a graça, André? Eu sou calmo mesmo.

— É mais fácil uma tartaruga cacarejar do que você ficar calmo em qualquer situação, Rachid. Rá-rá-rá-rá. Não fala essas coisas, não. Assim você me mata de rir.

Júlia também ria a valer, mais empolgada pela gargalhada do irmão do que pela piada em si. Rachid fez que não se importou. Não podia explodir naquele momento. Isso seria dar razão àqueles dois futriqueiros.

Dona Olga virou-se pasma para os netos:

— Vocês não acham que diante do que Almerinda passou essas risadas são completamente inadequadas?

Mas André e Júlia não conseguiam parar. Almerinda interveio:

— Deixe, Olga. Rir é bom. Alivia a tensão.

— Eu só tenho medo da barriga estufada do André, coitado. — Rachid balançou a cabeça, dissimulando preocupação. — Ela pode sufocá-lo dessa maneira.

André parou de rir na mesma hora.

— Escuta aqui, Rachid: a barriga é minha e, se ela é estufada ou não, você não tem nada com isso.

— E nós aqui — dona Olga apontou para ela e Almerinda — não temos que ficar ouvindo essa discussão, temos? Querem parar já?

André e Rachid se endireitaram no sofá. Dona Olga voltou-se para Almerinda.

— O frade é seu amigo e só isso já seria motivo suficiente para me deixar preocupada. Só que eu também estou intrigada com esse desaparecimento. Será que podemos fazer alguma coisa para encontrá-lo?

— Não se incomode. Você está de férias. Essa tarefa cabe à polícia.

Dona Olga sorriu:

— Toda ajuda numa hora dessas é bem-vinda. Tenho certeza de que a polícia pernambucana pensa assim. Vou entrar em contato com ela ainda hoje e tentar saber se já há alguma notícia sobre o frade.

3

INVESTIGAR OU NÃO INVESTIGAR? EIS A QUESTÃO!

Dona Olga sabia que havia a possibilidade (pequena, é verdade) de o frade ter desaparecido por vontade própria. Alguma coisa lá no fundo lhe dizia que ela não devia se meter naquilo, mas dona Olga sempre se mortificava ao saber que uma pessoa estava em perigo. Além disso, havia um mistério ali, e ela não podia tomar conhecimento de um que ficava doida para resolvê-lo.

Nem que fosse apenas para fazer uma consulta e ouvir uma ordem expressa para não se meter no caso, dona Olga resolveu trocar uma ideia com o “Leão”, seu misterioso chefe na Interpol, de quem, até hoje, ela nada sabia além da voz — e mesmo essa tal voz podia ser modificada por meio de programas de computador.

Dona Olga estava formalmente aposentada da Interpol, mas continuava ligada à organização e, de vez em quando, participava de alguma investigação. O “Leão” era seu único contato lá dentro e os dois se comunicavam periodicamente.

Depois de se trancar no quarto que estava ocupando na casa de Almerinda, ela abriu o inseparável laptop sobre a penteadeira e digitou uma série interminável de letras e números no teclado. Logo a tela tornou-se um retângulo azulado, recortado, no meio, pela silhueta familiar de uma cabeça masculina. A voz grossa do “Leão” soou dos alto-falantes:

— A senha. Diga a senha!

Dona Olga abriu um dos livros que havia trazido na viagem e disse:

— A senha do mês, escolhida pelo senhor mesmo quando soube que eu viria para Pernambuco, é "Evocação do Recife". — Como o "Leão" permanecesse calado, dona Olga prosseguiu: — De Manuel Bandeira.

A voz do "Leão" parecia menos solene quando ele disse:

— Que beleza, hein, dona Olga? Gosto muito de Manuel Bandeira. Um gênio mesmo... — ele pigarreou e sua voz reassumiu o tom formal de sempre. — Mas a que devo a honra deste seu contato em pleno Carnaval? Pensei que a senhora estivesse de férias... Não me diga que aconteceu algum crime?

— Tudo indica que sim.

— Explique-se melhor, dona Olga.

— Estou em Olinda, hospedada na casa de uma velha amiga, Almerinda. Um bandido fantasiado de bruxa entrou aqui hoje à procura do diário de um vizinho da Almerinda, que está desaparecido. Frei Cornélio. Ele é um frade franciscano.

— Interessante.

— Falei com a polícia daqui há cerca de meia hora e o responsável pelo caso me disse que estão investigando, mas que não encontraram nenhuma pista.

— E, mesmo se tivessem, não diriam à senhora. Investigações são sigilosas, ou a senhora se esqueceu disso?

Dona Olga teve a leve impressão de que tinha acabado de levar uma reprimenda.

— Sei que não é da minha conta e que a polícia é mais bem aparelhada do que eu para resolver este caso, mas estou disposta a investigar — continuou ela. — O frade é amigo de Almerinda e ela está preocupada.

— Será que esse frade não está apenas viajando?

— Almerinda jura que não. Além do mais, ele vai celebrar um casamento na semana que vem.

O "Leão" demorou uns dois segundos a mais do que o normal para perguntar, com a voz desconfiada:

— Um casamento, é? De quem?

— Da filha de uma milionária amiga de longa data dele.

O “Leão” pareceu pensativo.

— Se a senhora quiser mesmo interromper suas férias e levar essa investigação adiante, pode começar consultando essa milionária e a filha dela. Se o frade vai celebrar o casamento e eles são amigos, é muito provável que ele tenha comentado com elas sobre alguma viagem que pretendia fazer. Não se esqueça de que estamos na semana do Carnaval, e muita gente viaja nesta época.

— E se ele não tiver viajado?

— A senhora saberá logo. A noiva estará nervosa e preocupada com a realização do casamento.

Era uma boa dica. Almerinda devia saber quem era a noiva. Se não soubesse, dona Olga descobriria em cinco minutos.

— Farei isso, “Leão”. Muito obrigada, mais uma vez, por seus sábios conselhos.

— Disponha, dona Olga. E, por favor, mantenha-me informado. Espero, sinceramente, que o frade esteja bem.

Dona Olga desligou o laptop e deixou o quarto. A luz da sala estava acesa e ela surpreendeu-se ao ver aqueles três pestinhas no sofá, acordados em pleno começo de madrugada.

— Vocês não vão dormir? Já passa de uma da manhã.

Júlia respondeu:

— Ouvimos a senhora conversar com o “Leão” e estávamos esperando para saber o que ele disse.

Dona Olga reagiu indignada:

— Vocês deram para escutar a conversa dos outros atrás da porta? Que coisa feia!

— O “Leão” fala muito alto — disse André. — As paredes aqui são finas. Mesmo com a folia aí na rua, não tem como não ouvir.

— A senhora comentou com ele sobre o sumiço do frade? — Rachid indagou.

Dona Olga sentou-se na poltrona em frente a eles.

— O “Leão” também está preocupado. O que mais nos intriga é o desaparecimento do frade acontecer a uma semana de ele celebrar um casamento.

— E o que ele acha que devemos fazer? — Júlia perguntou.

"Devemos...?", pensou dona Olga. Pelo visto, Júlia já estava doida para mergulhar de cabeça em mais uma investigação.

— Antes de qualquer coisa, visitar essa família e descobrir se alguém lá sabe alguma notícia do frade. Se ele não tiver falado nada sobre alguma viagem nesta época, é sinal de que está mesmo desaparecido.

— Mas como vamos descobrir que família é essa? — Rachid perguntou. — Com o frade desaparecido, quem vai nos dar essa informação?

— Dona Almerinda me contou — Júlia falou com toda calma do mundo.

Todos olharam para ela, que pegou uma revista dobrada sobre a mesa de centro e começou a folheá-la.

— Por que o espanto? Todo mundo sabe que eu AMO casamentos. São sempre tão lindos... Eu queria saber mais. Frei Cornélio falou com dona Almerinda sobre os noivos e deu esta revista a ela.

Dona Olga, Rachid e André rodearam Júlia para ver a revista, que trazia uma reportagem de cinco páginas sobre o "casamento do ano": o empresário Marcantônio Monteiro de Oliveira e Constância Cavalcanti Rodrigues D'Ávila — ambos ricos herdeiros de duas das mais tradicionais famílias de Pernambuco — diriam o "sim" na próxima segunda-feira numa cerimônia na igreja de Nossa Senhora do Carmo, em Recife. Em seguida recepcionariam quatrocentos convidados no palacete dos Cavalcanti Rodrigues D'Ávila, no Poço da Panela.

— Poço da Panela? — indagou Rachid, subitamente espantado.

— É um bairro de Recife — respondeu Júlia, com ares de superioridade.

Rachid arregalou os olhos:

— Como é que você sabe disso?

— Porque, ao contrário de certas pessoas, quando eu viajo procuro ler sobre os lugares que vou visitar.

Rachid fez de conta que a indireta não era para ele.

— Bom... que bom que é um bairro. Pensei que eles fossem recepcionar os convidados dentro de um poço.

— ... O que, para nós, não faz a menor diferença. Não fomos convidados mesmo — suspirou André, sem esconder o desânimo. — Uma pena... Numa festança dessas deve ter um monte de comidinhas gostosas.

— Isso é inacreditável! — Júlia olhou para o irmão com cara feia. — A gente aqui preocupado com o pobre do frade desaparecido e você se lamentando porque não vai poder se empanturrar no casamento de uma gente que você nem conhece.

— Olha só quem fala! — reagiu André. — Há dois minutos você estava suspirando por causa desse casamento, dizendo que ele vai ser lindo e superproduzido.

— Mas é diferente, seu André — Júlia elevou o tom de voz. — Eu não fiquei chateada por...

Dona Olga perdeu a paciência:

— Vocês dois querem parar de gritar desse jeito? Isso lá é motivo para discussão?

Júlia e André se acalmaram, contrafeitos. Dona Olga apanhou a revista e leu a matéria que acompanhava as fotos. Ali dizia que Constância era filha da milionária Vilma Catarina Cavalcanti Rodrigues D'Ávila, dona da vinícola Quinta dos Cariris, onde era produzido o prestigiado vinho Adega do Norte. A vinícola ficava numa das fazendas dos Cavalcanti Rodrigues D'Ávila, na região de Petrolina, no Médio São Francisco.

No ano anterior, o Adega do Norte recebera um importante prêmio na Europa — um dos mais importantes do mundo para vinhos — e, por causa disso, Vilma seria homenageada pelo governador do estado num coquetel logo depois do Carnaval.

Vendo que dona Olga lia e relia a matéria, Rachid perguntou:

— A senhora acha que os noivos sabem onde está o frade?

Dona Olga fechou a revista e declarou:

— Acredito que não. Mas talvez eles nos contem algum detalhe sobre a vida do frade que nos ajude a localizá-lo. — Ela tinha acabado de decidir que, sim, iria levar aquela investigação adiante. — Vocês me acompanham amanhã numa visita ao Poço da Panela?

Todos fizeram que sim com a cabeça.

— Mas onde a senhora vai arrumar o endereço? — indagou André.

— E como vai conseguir que eles recebam a gente? — Júlia fez coro.

Dona Olga sorriu:

— Até parece que vocês não me conhecem. Nada é impossível para a vovozinha aqui.

4

A AMIGA DO FRADE

O Poço da Panela era um recanto pitoresco e arborizado de Recife, localizado às margens do rio Capibaribe. Ao longo de suas alamedas bucólicas erguiam-se belas residências, algumas muito antigas.

Na noite anterior, dona Olga, de posse do nome de Vilma Catarina Cavalcanti Rodrigues D'Ávila, havia localizado com facilidade o endereço e o telefone da casa dela nos arquivos da Interpol. Agora, em plena manhã da Quarta-Feira de Cinzas, o táxi entrava na Estrada Real do Poço e parava diante de um muro relativamente baixo recoberto de hera, que mal escondia a fachada imponente do que parecia ser um palacete do século XIX.

Procure pelo número 2 no mapa e veja onde fica o Poço da Panela.

Dona Olga tinha telefonado mais cedo para marcar a visita. Ela imaginou que Vilma estivesse ocupada com os preparativos do casamento da filha e que, por ser uma empresária, não fosse muito acessível. Foi uma surpresa quando ela mesma atendeu ao telefone e com uma simpatia quase desconcertante conversou longamente com dona Olga, confessando seus temores em relação ao sumiço de frei Cornélio. Dona Olga disse que trabalhava para a Interpol e que estava investigando o caso; na mesma hora Vilma concordou em recebê-la em sua casa — logo na manhã seguinte.

Chegado o horário combinado, dona Olga desceu do táxi, seguida por Júlia, André e Rachid, que estavam vestidos da maneira mais comportada possível. Tocaram a campainha e um homem forte, de cabelos escorridos, vestindo calça preta e camisa social branca, veio atender.

— Bom dia — disse dona Olga. — Marcamos com dona Vilma às 10 horas.

O homem conferiu o relógio de pulso. Pareceu admirado ao constatar que eram 10 horas em ponto.

— Dona Vilma está esperando. — Ele fez um gesto amável para que entrassem. — Vou levá-los até ela.

Caminharam por um belo jardim gramado, com poucas flores, mas salpicado de árvores frutíferas: mangueiras, cajueiros, juazeiros, jaqueiras, sapotizeiros, seriguelas, entre outras. Vilma lia um livro, recostada numa espreguiçadeira à beira da piscina, protegida por um toldo. Era uma mulher de quase 50 anos, de cabelos castanhos impecavelmente penteados. Vestia um *tailleur* de manga curta, usava óculos de sol de armação de tartaruga, joias douradas e estava com o rosto visivelmente maquiado. Júlia torceu o nariz ao vê-la. Era uma mulher elegante, sem dúvida, mas um pouco enfeitada demais: tanta maquiagem e joias cintilantes àquela hora da manhã era muito cafona.

O homem adiantou o passo e anunciou solenemente a Vilma:

— Dona Olga, senhora!

Vilma levantou-se para recebê-los.

— Sejam bem-vindos à minha casa — ela cumprimentou demoradamente um a um.

Dona Olga apresentou os meninos:

— Esses são meus assistentes.

Vilma sorriu:

— Assistentes bastante jovens — ela parecia impressionada. — Cabeças jovens são mais ágeis na hora de pensar.

— Mas a minha ainda está muito boa, viu, dona Vilma? — comentou dona Olga, em tom amigável.

Vilma deu uma olhada no relógio.

— Presumo que já tenham tomado o café da manhã.

Júlia chegou a ensaiar uma resposta:

— Já. Não precisa...

Mas Vilma interrompeu-a:

— Isso, naturalmente, não impede que vocês façam um lanche comigo. Não quero parecer presunçosa, mas na minha família sempre se comeu muito bem.

André lambeu os beiços. Vilma, pelo visto, jogava no mesmo time que ele: dos que amavam comer. Ele não pôde deixar de agradecer ao destino por ter feito o frade dar uma "sumidinha". No segundo seguinte, porém, culpado por pensar tal coisa, rezou baixinho, pedindo que o frade estivesse bem e reaparecesse logo. De preferência, depois da refeição.

Vilma bateu as palmas das mãos duas vezes e o mesmo homem que os atendera reapareceu como por encanto.

— João, mande servir os quitutes.

— Sim, senhora.

Ele sumiu de novo. Rachid percebeu a animação de André e não perdeu a chance de provocá-lo:

— Se deu bem, hein, André?

André não entendeu:

— Por quê?

— Café da manhã na casa da dona Almerinda, lanche aqui. Se tiver um banquete no almoço, vai ser o dia mais feliz da sua vida.

— Mas o café da manhã foi há mais de duas horas — André tentou argumentar. — Que culpa tenho eu se a comida em Pernambuco é boa?

Vilma guiou-os até a pérgula, em frente a uma das cabeceiras da piscina. Foi só então que Júlia, André e Rachid puderam ver a movimentação na parte do jardim situada do outro lado. Uma estrutura de madeira, que parecia ser um palco, começava a ser montada por um time de operários. Havia várias caixas distribuídas pelo gramado e por uma quadra de esportes localizada logo adiante.

Foi Júlia quem falou primeiro:

— Devem ser os preparativos para a festa do casamento da filha da dona Vilma.

— Será que dona Vilma vai convidar a gente? — indagou André, sonhando com o bufê da festa. — Ela parece tão legal.

— O frade tem que aparecer até lá. — Júlia fez uma careta. — Senão, nem casamento vai ter.

— Como assim? — Rachid a encarou, intrigado. — Se ele não aparecer, é só chamar outro. Até parece que esse frei Cornélio é o único padre de Pernambuco.

— Mas ele é amigo da família...

— *Muy* amigo — comentou Rachid com ironia. — Faltando uma semana para celebrar o casamento, o homem some. Fico imaginando se ele fosse *inimigo* da família.

— Que horror, Rachid! — Júlia não acreditava no que tinha acabado de ouvir. — Ele foi sequestrado.

— A gente não tem certeza disso ainda — Rachid retrucou calmamente. — Até porque tem uma coisa nessa história toda que não bate: se o frei foi sequestrado por alguém que quer ler o diário, por que o sequestrador não pergunta ao frei o que ele escreveu lá?

Júlia e André realmente não tinham pensado naquele detalhe. Eles pararam de falar no momento em que João e um séquito de copeiras uniformizadas apareceram na pérgula, carregando bandejas com três jarras de suco de goiaba, cajá e pitanga, além de uma cesta cheia de pães assados com manteiga, cuscuz com leite, tapioca de coco e duas travessas — uma com macaxeira e inhame cozidos e a outra com cubos de melão embrulhados em fatias de presunto de Parma. Eles sentaram em torno de uma mesa de metal com tampo de vidro e Vilma fez questão de servir todo mundo. Apesar de rica e enfeitada, ela parecia uma pessoa simples e afável.

— Então, vocês estão tentando descobrir o que aconteceu com o frei Cornélio? — Vilma entrou no assunto enquanto os servia. — Como vocês souberam que ele desapareceu?

Dona Olga, então, contou resumidamente toda a história. Disse que ela, Júlia, André e Rachid estavam hospedados na casa de uma vizinha do frade e que na noite anterior a casa fora invadida por uma pessoa fantasiada de bruxa em busca de um diário que pertenceria a ele.

— A senhora ouviu falar desse diário? — Júlia perguntou a Vilma.

— Não — Vilma balançou a cabeça. — Isso é novidade para mim. Se bem que ele é um homem culto, que lê muito.

— Mas por que alguém estaria atrás desse diário? — Júlia perguntou. — O que de tão importante pode haver nele?

Vilma tomou um longo gole de suco de pitanga, pensativa.

— Não imagino o que possa ser. — Ela fez uma pausa meio dramática, antes de continuar. — Uma "bruxa" ameaçando sua amiga...

Vilma cruzou as mãos, tensa, sobre o colo.

— Isso é assustador. Conheço Cornélio há quase trinta anos. É um homem simples. Ele não guardaria nada de valor em casa.

— Como a senhora o conheceu? — dona Olga perguntou.

— É uma história comprida. Não sei se vocês sabem, mas Cornélio é holandês. Seu nome completo é Cornelius Henricus de Moor — Vilma pronunciou o nome pausadamente. — Ele aportuguesou o nome quando veio para o Brasil.

Dona Olga, Júlia e Rachid não esconderam a surpresa diante daquela revelação. A única exceção era André, que, alheio à conversa, comia sem parar — principalmente o presunto com melão, que havia se tornado o seu prato preferido daquele dia.

Júlia se inclinou para ele e falou baixinho:

— Sabia que presunto com melão é um dos pratos mais cafonas que existem na culinária?

André deu de ombros:

— Que bom que eu não sou chique como você, né, Júlia? — e continuou saboreando normalmente seu presunto com melão.

Enquanto isso, Vilma prosseguia o relato sobre o frei:

— Cornélio chegou muito jovem a Pernambuco. Devia ter uns 20 e poucos anos e foi ser pároco na igreja de Santa Maria da Boa Vista, onde fica a nossa vinícola. É um município do interior do estado, perto de Petrolina.

— E como vocês ficaram amigos? — indagou Júlia, que estava achando a história muito interessante.

— Indo à igreja. O frade é um homem inteligente e muito bem-humorado. Ele logo começou a frequentar nossa casa. Batizou Constância,

VOCÊ SABIA?

Situada às margens do rio São Francisco, no sertão pernambucano, Petrolina forma, com a vizinha Juazeiro, na Bahia, e mais sete municípios, um dos maiores polos produtores e exportadores de frutas, flores e vinhos do Brasil. Os vinhedos do Vale do São Francisco são famosos não só pela qualidade da sua produção como também por se situarem numa zona semiárida tropical. Isso porque as uvas — frutas a partir das quais se produzem os vinhos — são normalmente cultivadas em regiões subtropicais ou temperadas.

minha filha, e esteve do nosso lado quando meu marido faleceu. Um dia, Constância enjoou da vida em Santa Maria e nos mudamos para esta casa, que pertence à nossa família há mais de cem anos. Frei Cornélio veio logo depois. Ele preferiu se instalar em Olinda e há sete anos eu comprei a casa onde ele mora.

— Ele conseguiu se transferir para alguma igreja de lá?

— Sim, para a igreja de Nossa Senhora das Neves, no convento de São Francisco.

— E durante esse tempo todo de convivência, a senhora nunca desconfiou de nada na vida do frade? Se ele tinha algum segredo, por exemplo?

Vilma levantou uma sobrancelha, pensando numa resposta adequada.

— Todo mundo tem segredos, não é? Ele deve ter os dele, mas nada que tenha me chamado particularmente a atenção.

— Nada que pudesse estar relacionado com esse diário que estão querendo encontrar? — sugeriu Rachid.

Vilma balançou a cabeça negativamente:

— Nada. O frade sempre foi um homem muito simples. E correto. Por isso, estou estranhando esse sumiço repentino. Tenho esperanças de que ele volte antes do casamento.

Dona Olga olhou espantada para ela:

— A senhora acha que ele sumiu voluntariamente?

— Depois do que vocês me contaram, ainda mais do que antes. Ele pode ter se escondido para proteger o tal diário, já que uma pessoa perigosa está atrás dele.

Dona Olga e os garotos trocaram olhares intrigados. Aquilo não deixava de fazer sentido, mas também não ajudava em nada a resolver o mistério. Pelo contrário, tornava-o ainda mais complicado.

E, então, um grito de desespero quebrou a paz do jardim. Todos se calaram, arrepiados, e até André parou de comer.

5

PÂNICO NA PÉRGULA

— Tirem ele daqui! Tirem ele daqui!

A frase era repetida por uma voz feminina estridente e autoritária. O pânico na pérgula durou apenas alguns segundos, pois logo Vilma relaxou e explicou a gritaria.

— É minha filha. Ela está um *pouquinho* nervosa por causa do casamento.

E, então, uma jovem esbelta, de cabelos quase louros, aparentando 20 anos, entrou furiosa na pérgula. Apesar de não ser nem bonita nem feia, era vistosa. Vestia um top branco e uma saia godê rosa com detalhes florais. Uma combinação simples, que Júlia, fissurada por moda, achou um luxo só.

A moça ia dizer qualquer coisa a Vilma, mas parou imediatamente ao dar de cara com os convidados. Olhou perplexa para eles e murmurou um "Meu Deus!", num tom azedo.

— Constância, meu docinho. Deixe-me apresentar dona Olga e os assistentes dela. Eles são da Interpol.

Constância balançou a cabeça, incrédula, e repetiu:

— Da Interpol...

— Sim, eles estão investigando o sumiço de frei Cornélio.

Constância reagiu com um misto de espanto e deboche:

— As três criancinhas também são agentes da Interpol?

Júlia, André e Rachid se entreolharam revoltados. "Criancinhas?" Aquela ogra patética e sem noção tinha dito aquilo mesmo, ou fora *alguma espécie de ilusão auditiva coletiva*? Na mesma hora Júlia reconsiderou sua opinião sobre a roupa que ela vestia: era bizarra e antipática. Igualzinha à dona. "Que ódio!"

— Não, moça — disse Rachid. — Nós só estamos fantasiados de agentes da Interpol por causa do Carnaval. Nós quatro trabalhamos vendendo artesanato no Mercado de São José.

Vilma explodiu numa gargalhada inconveniente, que deixou Constância ainda mais irritada. Em seguida, a mãe perguntou à filha:

— Por que você estava gritando daquele jeito?

— É Marcantônio. Madame Delphine está fazendo os ajustes no vestido e ele resolveu aparecer aqui em casa — Constância começou a choramingar. — Pede para ele ir embora, mãinha. O noivo não pode ver o vestido da noiva antes do casamento.

Rachid cochichou para André:

— Eu é que não me casava com essa doida. Ela parece uma alienígena histérica.

André concordou:

— Dá pra entender por que o frade sumiu.

— Para proteger o noivo, né? — Rachid lançou um olhar enviesado para Constância. — Coitado do cara...

Outra voz se fez ouvir no jardim. Desta vez, masculina.

— Amorzinho, venha cá!

Era o noivo, na certa. Ao pisar na pérgula, ele, assim como Constância fizera, olhou para dona Olga, Júlia, André e, principalmente, para Rachid com espanto e falou com repulsa:

— Meu Deus!

Desta vez foi demais e Júlia reagiu:

— Escuta aqui, seu mauricinho metido a besta. Quem você pensa que é para torcer esse nariz imbecil pra gente?

— O que isso, Júlia?! — repreendeu dona Olga. — Isso são modos?

O noivo olhava perplexo para ela, pois nem de longe esperava aquela reação.

— Dona Vilma nos convidou para vir aqui — Júlia prosseguiu, indiferente ao apelo da avó. — Sua mãe não te ensinou a tratar bem as visitas?

— Júlia, pare já! — dona Olga endureceu o tom.

— É isso mesmo, Júlia! — Rachid bateu palmas. — Mandou bem.

— Apoiada, apoiada! — André também aplaudiu.

Constância fechou ainda mais a cara e protestou com Vilma:

— Mãinha, você vai deixar que essas criancinhas ridículas falem com o MEU noivo dessa maneira?

A antipática, é claro, tinha que chamá-los de "criancinhas" de novo.

Vilma não parecia nem um pouco incomodada.

— Por que eu não deixaria? O SEU noivo foi descortês com as MINHAS visitas. Aliás, você também foi. A menina apenas se defendeu.

Há muito tempo dona Olga não se sentia tão sem graça. Se houvesse algum buraco à vista, ela seria capaz de se enterrar inteira nele.

— Por favor, perdoem a minha neta. Ela não é assim.

— Eu é que peço desculpas — falou Vilma. — Sua neta está certa.

Constância fez beicinho de magoada.

— Mãinha, você prefere dar razão a uma menina estranha do que a mim, que sou sua filha?

— Eu dou razão a quem tem razão — Vilma tornou a se sentar. — E se vocês não têm nada de útil para fazer aqui, podem sair. — Ela dirigiu um olhar severo ao noivo. — Isso vale para você também, Marcantônio.

Marcantônio parecia arrependido de verdade. Ele engoliu em seco e se aproximou de Júlia, numa atitude totalmente inesperada.

— Quero pedir desculpas a vocês. Eu agi errado e não podia ter falado daquele jeito.

Dona Olga e Júlia apreciaram o gesto. Rachid e André torceram os lábios, achando aquela conversa simplesmente patética. Estavam quase pronunciando um “Ai, meu Deus!”.

Júlia não tinha por que guardar raiva de uma pessoa que acabara de conhecer.

— Tá desculpado — ela disse.

Marcantônio sorriu, aliviado. Ele era um homem bonito, que aparentava ter uns 30 anos. Seus cabelos bem escuros estavam penteados para trás, e ele usava calças compridas claras e camisa social azul-clara com as mangas curtas. As roupas estavam tão lisas e impecáveis que pareciam ter sido passadas a ferro naquele exato momento. Era tão, mas tão engomadinho, sem nada fora do lugar, que Rachid o achou parecido com um dos bonecos gigantes do Carnaval de Olinda.

— Eu, de fato, me excedi — disse Marcantônio. — Estava um pouco nervoso. Constância resolveu tirar o dia para brigar comigo.

— Porque eu não quero que você entre na casa. Madame Delphine está fazendo ajustes no vestido. O noivo não pode ver o vestido da noiva antes da hora do casamento, sabia? Dá azar.

— Mas eu não vim ver o vestido. — Marcantônio tomou delicadamente a mão de Constância e beijou-a de leve. — Vim ver você, amorzinho.

Constância derreteu-se na hora e Júlia suspirou por eles: “Coisa mais fofa!”. André, por sua vez, inclinou-se para Rachid e sussurrou:

— Por que será que ela fica desse jeito quando um cara fala qualquer coisa melosa?

Rachid sacudiu os ombros.

— Sei lá! O que eu quero entender é por que essa alienígena mal-educada ficou tão nervosa com a presença do noivo engomadinho. Numa casa enorme dessas, é só deixar o vestido trancado num quarto. Não precisa interditar a casa toda.

Dona Olga disse a Constância e Marcantônio:

— Eu queria aproveitar a presença de vocês para perguntar duas coisinhas. Pode ser?

Ressabiados, Constância e Marcantônio fizeram que sim com a cabeça.

— É sobre frei Cornélio — completou dona Olga. — Estamos investigando o sumiço dele e queria saber se vocês perceberam alguma coisa de diferente nele nos últimos dias.

— Que tipo de coisa? — Constância pareceu subitamente tensa, e dona Olga percebeu.

— Alguma frase, algum comportamento diferente que ele tenha apresentado... Algo que pudesse nos ajudar a descobrir o motivo desse desaparecimento.

Constância forçou a memória. Júlia pensou com seus botões que, pela primeira vez desde que aparecera na pérgula, a ogra antipática ficara mais de trinta segundos sem gritar, choramingar, xingar ou protestar.

— Cheguei a pensar que estivesse deprimido, já que perdeu o pai faz pouco tempo. Mas ele andava tão animado nos últimos dias...

— O frade sempre foi alegre, Constância — falou Vilma. — Isso não quer dizer nada.

— Como não? — intrometeu-se Rachid. — Se o pai dele tinha acabado de morrer...

— Está vendo, mãe? — concordou Constância, apontando para Rachid. — Até o garoto com pano de prato na cabeça percebeu que não faz sentido.

Rachid sentiu todos os músculos, ossos, cartilagens e articulações do seu corpo se contorcerem de revolta. Ouvir a alienígena se referir ao seu amado *kefié* como um pano de prato era ainda pior do que ser chamado de criancinha.

— Ele estava animado por causa do seu casamento — argumentou Vilma, calmamente. — Afinal, ele a batizou e a viu crescer.

O rosto de Constância voltou a ficar crispado.

— Até parece. Se ele estivesse mesmo feliz com o casamento, não sumiria.

— Mas e se foi um sequestro? — indagou Júlia.

— E quem é que iria sequestrar um homem que não tem dinheiro? Sequestrá-lo para pedir o que de resgate? A Bíblia dele?

Marcantônio interveio:

— Você está se esquecendo da viagem.

Os rostos de dona Olga, Júlia, André e Rachid se voltaram para ele.

— Que viagem? — perguntou André.

— Dona Vilma não contou a vocês da viagem recente que frei Cornélio fez à Holanda?

Vilma fuzilou-o com um olhar irritado. Naquele momento ficou bastante evidente que sogra e (futuro) genro não morriam de amores um pelo outro.

Rachid olhou atravessado para Vilma. Ele tinha encontrado dois motivos para desconfiar dela.

SERÁ QUE VOCÊ SABE?

Quais os motivos que levaram Rachid a suspeitar de Vilma?

Foi gol? Mais um ponto para você!

6

A VIAGEM MISTERIOSA

Vilma se apressou em esclarecer:

— Eu ia falar sobre a viagem, se vocês dois não tivessem corrido para cá aos berros, como se o mundo fosse acabar.

— O frei Cornélio foi para a Holanda? — Júlia perguntou. — Quando?

— Tem uns... — Vilma fez um cálculo mental rápido — quatro meses. Ele foi para o enterro do pai. Como eu disse, Cornélio nasceu na Holanda e veio para Pernambuco ainda jovem.

— E ficou bastante tempo lá. Só voltou no mês passado — completou Marcantônio.

— Ele quis passar as festas de fim de ano com a família — Vilma esclareceu. — Quando ele chegou, estava muito cansado e pediu para descansar alguns dias na vinícola. Acabou ficando lá por duas semanas e depois voltou para Olinda.

A cabeça de dona Olga estava a mil por hora.

— Então ele desapareceu pouco depois de voltar? — ela ia dizer "da sua vinícola", mas achou que essa parte era dispensável e poderia não soar muito bem.

— Menos de uma semana depois — foi Constância que respondeu, com a voz azeda. — Mesmo sabendo que eu ia me casar na semana seguinte.

— Sabem o que eu acho disso tudo? — Marcantônio tomou a palavra, num tom solene. — Posso falar com franqueza? Para mim, o frei recebeu uma herança gorda do pai lá na Holanda, alguém aqui descobriu e o sequestrou.

— Não teve herança nenhuma, Marcantônio — rebateu Vilma. — Ele me contou tudo. O pai não era rico.

— Isso foi o que ele disse, dona Vilma. Não é necessariamente a verdade. A senhora tem provas?

— Não preciso de provas. Cornélio é franciscano. Como todo franciscano, ele nunca foi apegado a bens materiais. Quando eu o conheci, você nem tinha nascido ainda.

— Esse sumiço só pode estar relacionado com essa viagem à Holanda, gente — Marcantônio insistiu. — Não existe outra explicação.

— Pode até ser — Vilma deu de ombros. — Mas isso não significa que tenha sido por causa de uma herança.

— Então foi por quê? Por que as pessoas são sequestradas? É sempre por causa de dinheiro. Se o frade não recebeu uma herança, ganhou na loteria.

Constância aninhou sua cabeça no ombro do noivo.

— Vamos mudar de assunto, amor? — ela pediu, quase miando. — Essa discussão não vai levar a nada.

Júlia revirou os olhos. Não fazia nem dez minutos que Constância aterrissara ali totalmente transtornada com a chegada do noivo e, agora, os dois estavam no maior chamego, como se nada tivesse acontecido. Ou aquela garota era muito fingida ou era completamente maluca. Nenhuma das duas possibilidades era lá muito animadora e Júlia, de repente, teve certeza de que não conseguiria ficar sozinha com ela em lugar nenhum.

João apareceu novamente para ver se Vilma precisava de alguma coisa e ela fez um sinal para ele que a turma não conseguiu entender. Ele assentiu com a cabeça e se retirou.

Vilma perguntou amavelmente:

— Vocês ficam em Pernambuco até quando?

Ela parecia relaxada demais para alguém que enfrentava o misterioso desaparecimento de uma pessoa que conhecia havia trinta anos. Mas isso não passou despercebido a dona Olga, Júlia, André e Rachid.

— Até o fim de semana — respondeu dona Olga.

Nesse instante, João reapareceu na pérgula trazendo um envelope vistoso, grafado com letras douradas, e Vilma passou-o diretamente a dona Olga.

— Se vocês resolverem ficar um pouco mais — ela explicou —, faço questão de que compareçam ao casamento. Aqui está o convite.

Júlia, André e Rachid trocaram um olhar entusiasmado. André delirou só em imaginar o bufê farto que seria servido e Júlia começou a pensar em mil modelitos para vestir. Teria de ir às compras o mais rápido possível.

— Isso se houver casamento, né, mãinha? — rosnou Constância com azedume, ainda abraçada a Marcantônio. — Porque, se o frade não aparecer...

— Arrumaremos outro padre — adiantou-se Vilma.

— Não sei se conseguiremos ficar até a semana que vem — disse dona Olga passando os olhos no convite, jogando um balde de água fria na empolgação dos garotos. — As aulas deles começam na semana que vem. Mas nós agradecemos a gentileza, de qualquer modo.

— Entendo — disse Vilma. — Nesse caso, quero fazer um segundo convite. O Adega do Norte, principal vinho da minha vinícola, recebeu a medalha de ouro do último Mundus Vini, na Alemanha. Trata-se de um dos mais importantes concursos de vinhos do mundo — prosseguiu Vilma, toda orgulhosa. — Por causa disso, o governador vai me homenagear depois de amanhã, às oito da noite, num jantar no Palácio do Campo das Princesas. É na praça da República. Vou ficar muito feliz com a presença de vocês.

Dona Olga guardou o convite do casamento na bolsa e sorriu:

— Será um prazer. Até lá, talvez nós já tenhamos descoberto o que aconteceu ao frade e...

Ela não conseguiu concluir a frase. Pela terceira vez, alguém gritava no jardim. Agora era uma voz feminina e numa língua estrangeira:

— *Mademoiselle?! Où êtes-vous, pour l'amour du ciel?!*[1]

— É madame Delphine! — Constância se desesperou. — Deixei-a sozinha com o vestido quando Marcantônio chegou. Ai, ela vai me matar!!!

---

1 Tradução do francês: "Senhorita?! Onde está você, pelo amor de Deus?".

Vilma levantou-se.

— Deixe que eu explico a situação. Ela vai entender.

Uma mulher de meia-idade, com os cabelos totalmente grisalhos, entrou na pérgula. Alta, magra, muito elegante, ela estava com o rosto vermelho, provavelmente porque sua pele muito clara não devia estar habituada ao sol dos trópicos. Usava um sóbrio vestido azul-marinho e um par de sapatos altos que chamou a atenção de Júlia. Eram claros e tinham biqueiras de metal prateado. *Bem chiques.*

Madame Delphine ia falar qualquer coisa a Constância quando seu rosto se desviou para os quatro convidados, detendo-se em Rachid e seu *kefié*. Ela deixou escapar uma exclamação em francês:

— *Mon Dieu!*[2]

Oh, não! Ela também tinha ficado contrariada ao vê-los? Mas o que havia de errado com eles, afinal?

Vilma e Constância levaram-na a um canto e, enquanto falavam com ela em particular, Rachid perguntou em voz alta:

— Quem é ela?

Foi Marcantônio quem respondeu:

— Madame Delphine Lebreton. A costureira que fez o vestido de noiva de Constância.

— Ela é francesa? — Júlia quis saber.

— Não, é belga. Mora em Bruxelas, mas passa quatro meses por ano aqui em Recife, para fugir do inverno europeu, que é muito rigoroso.

— Se ela passa quatro meses por ano aqui, por que nunca aprendeu português? — perguntou Rachid.

— Mas madame Delphine fala português muito bem. E com sotaque de Recife — explicou Marcantônio. — Só que, como Constância e dona Vilma

2 Tradução: "Meu Deus!".

falam francês, elas preferem se comunicar nessa língua. — Ele deu de ombros. — Vai entender...

Júlia estava interessadíssima. Então, madame Delphine era uma costureira europeia de verdade? "Isso é TUDO!", pensou. Precisava dar um jeito de puxar assunto com ela.

— Você sabe se ela é uma boa costureira?

Marcantônio riu:

— Como vou saber? Constância não me deixa nem chegar perto do vestido de noiva. Só vou ter essa resposta na segunda-feira.

"Oras, você podia ter visto alguma outra roupa desenhada por ela numa revista ou na internet", pensou Júlia. Mas Marcantônio parecia não ligar muito para moda.

Os sapatos de madame Delphine, de qualquer modo, eram lindos de morrer. Júlia queria saber se eles tinham sido desenhados por ela ou comprados em alguma loja.

À distância, viram que a expressão de madame Delphine se suavizara. Ela agora dizia, parecendo ensaiar um tímido sorriso:

— *Oui, oui, j'ai déjà compris. Mais nous devons continuer maintenant*[3] — ela fuzilou Constância com um olhar implacável e fez um movimento com a cabeça para o jardim. — *Allons-y, mademoiselle?*[4]

Dona Olga, que era fluente em francês, entendeu que madame Delphine estava chamando Constância para fazer os ajustes no vestido. As duas saíram sem se despedir ou olhar para trás. Dona Olga aproveitou a deixa e levantou-se.

— Bem, dona Vilma. O lanche e a conversa foram maravilhosos, mas nós já vamos.

Júlia, André e Rachid repetiram o gesto e também se puseram de pé. Eles, na verdade, não viam a hora de cair fora daquela casa de loucos.

— Aguardo vocês, então, na sexta, no palácio — disse Vilma, apertando a mão de dona Olga e, em seguida, a dos garotos. — Vou agora mesmo providenciar a inclusão dos seus nomes na relação de convidados.

3 Tradução: "Sim, sim, já entendi. Mas nós devemos continuar agora".

4 Tradução: "Vamos lá, senhorita?".

No jardim, a montagem das estruturas para a festa de casamento continuava. Talvez fosse um pouco cedo para isso, pensou dona Olga, mas Vilma devia ser do tipo que não deixava nada para a última hora.

Dona Olga, Júlia, André e Rachid foram escoltados até a saída por Vilma e Marcantônio, que se despediu deles com simpatia. Eram, aliás, as duas únicas pessoas educadas naquela casa. Júlia não entendia como uma lambisgoia insuportável como Constância podia ter uma mãe e um noivo tão legais.

Assim que deixaram a casa, André perguntou a dona Olga:

— E aí, vovó? A visita valeu a pena? Deu para descobrir alguma coisa?

Mas a resposta de dona Olga foi tão enigmática quanto o sumiço do frade:

— Sim e não. Tenho que pensar melhor.

Os quatro foram caminhando sem pressa pela Estrada Real do Poço, em direção à avenida Dezessete de Agosto, para tomar um táxi de volta a Olinda. Enquanto apreciavam o casario, as árvores e o calçamento irregular de pedra-rachão, que dava um aspecto colonial à rua, refletiam em silêncio sobre toda a conversa — principalmente a respeito das suspeitas de Marcantônio.

Realmente, o desaparecimento do frade podia ter alguma relação com a viagem que ele fizera à Holanda. Mas o que de tão sério teria acontecido lá?

Dona Olga ainda pensava nas inúmeras perguntas sem respostas quando Rachid falou:

— Dona Vilma não comentou que o frei Cornélio frequenta uma igreja em Olinda? Por que a gente não vai lá?

Júlia emendou:

— É mesmo. Talvez alguém saiba de alguma coisa. Ou tenha alguma informação que sirva para a gente.

"Por que eu não pensei nisso antes?", admirou-se dona Olga. O que seria dela sem aqueles assistentes espertíssimos?

7

FUGA SUSPEITA

A igreja de Nossa Senhora das Neves fazia parte do conjunto do convento de São Francisco, uma magnífica construção barroca cercada de verde, que se destacava mesmo entre a arquitetura antiga de Olinda. Estar diante dele era como voltar no tempo. Júlia, André e Rachid foram tomados pela breve sensação de terem sido sugados para as páginas de algum livro de história do Brasil; era como se estivessem em pleno século XVII, rodeados por senhores de engenho, escravos e soldados holandeses.

Procure pelo número 3 no mapa e veja onde fica o convento de São Francisco.

Ao retornar de Recife, dona Olga, Júlia, André e Rachid passaram primeiro na casa de Almerinda, pois precisavam avisá-la de que iriam até o convento frequentado por frei Cornélio. Almerinda, porém, comentou:

— Não vai adiantar ir lá assim, sem mais nem menos. Precisam ter alguém a quem fazer perguntas. Eu sei quem vocês devem procurar.

Então ela falou sobre o frei Everaldo Alencar, que era amigo de frei Cornélio de longa data. Portanto, se havia alguém no convento que poderia dar alguma informação, era o frei Everaldo. Almerinda fez uma ligação rápida para o convento, apresentou-se e marcou uma audiência com o frei às 15 horas, na sacristia. Dona Olga, impressionada com a eficiência da amiga, ficou se perguntando se ela não teria dado uma boa agente da Interpol.

Agora, faltando cinco minutos para a hora marcada, eles apreciavam a fachada do convento, posicionados junto ao grande cruzeiro de pedra erguido num largo logo em frente. A construção ficava no alto de uma ladeira, bem perto da casa de Almerinda, e eles tinham ido a pé. Ao final da caminhada, André, como sempre, estava ofegante e precisou tomar fôlego antes de subir os degraus que ligavam o largo do cruzeiro à rua do convento e entrar na igreja de Nossa Senhora das Neves. Uma das portas estava aberta.

O interior da igreja era ainda mais impressionante do que a fachada. Amplo e claro, era ornamentado com azulejos portugueses e talhas douradas em estilo rococó. O que mais chamava a atenção ali, contudo, era o teto abobadado, revestido com 18 afrescos em formato octogonal que exibiam passagens bíblicas. À esquerda, um grande arco dava acesso à capela de São Roque, perpendicular à nave principal.

O lugar estava silencioso, em contraste com o agito carnavalesco que ainda tomava conta de Olinda, já que na Quarta-Feira de Cinzas o famoso bloco Bacalhau do Batata desfilava pelas ruas do sítio histórico. Havia apenas algumas pessoas rezando, além de poucos turistas, atentos às explicações de um dos articulados guias do convento. Seguidas por Júlia, André e Rachid, dona Olga e Almerinda avançaram pela nave e fizeram uma genuflexão respeitosa diante da imagem de Nossa Senhora, antes de alcançar o guia.

— Boa tarde. Marcamos com frei Everaldo na sacristia conventual às 15 horas.

O guia fez um gesto para uma porta à direita:

— É só sair por aquela porta e dobrar no corredor à esquerda.

A porta se abria para um lindo pátio interno rodeado de arcadas — o claustro. Eles logo encontraram o corredor, revestido dos dois lados por painéis de azulejos com imagens não religiosas — que mostram, em geral, nobres portugueses; alguns, em cenas ao ar livre, como em jardins, margens de rios —, e chegaram à sacristia.

André soltou um assobio de admiração:

— Caramba! Esses frades vivem bem, hein?

Rachid concordou:

— Se o frei Cornélio não foi sequestrado, só pode estar escondido aqui dentro.

A sacristia era opulenta. Além dos azulejos portugueses azuis nas paredes e dos coloridos afrescos geométricos no forro, o que enchia os olhos era o mobiliário monumental de madeira escura trabalhada. A forte claridade da tarde entrava pelas janelas abertas, protegidas por vidros, e o canto alegre dos pássaros em meio às árvores que cercavam o convento ecoava no silêncio do salão, produzindo uma sensação gostosa de paz e aconchego.

Frei Everaldo levou alguns minutos para aparecer. Ele era um homem distinto e de modos elegantes. Tinha a pele morena e os cabelos inteiramente brancos e, em vez do hábito sépia dos frades franciscanos, vestia uma sóbria combinação de calça comprida cinza e camisa branca abotoada.

— Boa tarde — ele falou, amistosamente. — Sinto muito pela demora.

— Acabamos de chegar — respondeu dona Olga.

Conversaram amenidades durante alguns minutos. O frei discorreu um pouco sobre a história do convento, e Júlia, André e Rachid falaram o que estavam achando de Olinda. Por fim o frei perguntou:

— Não sei qual de vocês falou comigo pelo telefone... — Ele olhou interrogativamente para o grupo e Almerinda levantou o dedo. — Bem, pelo que entendi, vocês vieram por causa do irmão Cornélio, não é?

Todos fizeram que sim.

— Trazem algum recado dele?

— Na verdade, viemos perguntar se o senhor, por acaso, não teria notícias dele — disse dona Olga.

Frei Everaldo pareceu desconfiado.

— Não compreendi.

— O frei sumiu — informou Júlia. — Estamos achando que ele foi sequestrado.

O rosto de frei Everaldo ficou tenso.

— Por que vocês acham isso?

Almerinda tomou a palavra:

— Sou vizinha dele. Infelizmente, parece que é verdade. O frei está desaparecido há alguns dias. Ninguém sabe dele.

Frei Everaldo estava pálido. Ele apontou para o corredor por onde eles tinham entrado, pois parecia precisar se sentar em algum lugar com urgência.

— Vamos ali para fora. Preciso saber dessa história direito.

Ele, dona Olga e Almerinda se acomodaram num dos bancos em torno do claustro, enquanto Júlia e Rachid ficaram em pé e André sentou-se no chão. Dona Olga contou tudo a frei Everaldo, inclusive a invasão da casa de Almerinda por uma pessoa fantasiada de bruxa em busca de um diário de frei Cornélio.

— Eu percebi que havia algo errado na quinta-feira passada — disse frei Everaldo. — Ele sempre vinha ao convento nesse dia. Quando não podia aparecer, mandava avisar. Na semana passada, ele não veio nem avisou. Fiquei preocupado. Cheguei até a ir à casa dele na manhã seguinte, mas estava fechada e aparentemente vazia. Imaginei que o frei Cornélio tivesse viajado às pressas por causa de alguma emergência e não encontrou tempo para nos comunicar.

— Tudo indica que o desaparecimento dele tem a ver com esse diário de que lhe falamos, frei Everaldo — disse dona Olga. — O senhor sabe que diário é esse?

Frei Everaldo mordeu os lábios e balançou a cabeça:

— Não.

Rachid comentou, de repente:

— Gente, eu estou impressionado: nenhum amigo do frei ouviu falar desse diário. Será que ele existe mesmo?

— A "bruxa" parecia não ter nenhuma dúvida a respeito disso — respondeu André.

— Deve haver alguma coisa mesmo muito importante escrita nesse diário para o frei Cornélio fazer tanto segredo — especulou Júlia. — O que será?

— E se o engomadinho tiver razão? — insistiu Rachid.

Todos se viraram para ele, intrigados — até o frei.

— Que engomadinho? — perguntou Júlia.

— Aquele cara que vai casar com a alienígena mimada, filha da dona Vilma Catarina dos cinquenta sobrenomes — explicou Rachid. — Ele não disse que o pai do frei morreu? Todo mundo que morre deixa uma herança, e se o frei era filho dele...

— Como todo bom religioso — declarou frei Everaldo, calmamente —, frei Cornélio fez votos de pobreza. Ele não herdou nada, posso garantir.

— Mas o pai dele não morreu? — foi a vez de André perguntar. Ele concordava com Rachid. — Para quem foi a herança, afinal?

— O irmão Cornélio tem parentes vivos na Holanda — esclareceu frei Everaldo, a fala sempre mansa. — Se ele, por acaso, recebeu uma parte da herança, doou tudo a obras de caridade. Frei Cornélio é um franciscano exemplar.

— Então, voltamos ao ponto de partida — suspirou dona Olga, que se sentia como uma atleta pronta para correr os cem metros com barreiras, mas que não conseguia sair da linha de largada.

Rachid estava impossível naquela tarde e insistiu em esclarecer uma dúvida entalada em sua garganta.

Dona Olga olhava aflita para Rachid, temerosa de que ele soltasse alguma barbaridade ousada demais.

Dirigindo-se a frei Everaldo, ele perguntou:

— O senhor me desculpe, mas precisamos saber de uma coisa: o frei Cornélio não está escondido aqui no convento, está?

Júlia e André ficaram paralisados; dona Olga levou as mãos ao rosto. Almerinda ficou imóvel, em pânico. Mas o frei não se abalou; ele se inclinou, atento, na direção do menino e respondeu com gentileza:

— Você tem a minha palavra de honra de que não, ele não está aqui. Deus é testemunha de que não estou mentindo e assumo perante Ele as consequências dessas palavras. Fique despreocupado.

O frei foi convincente e não havia por que duvidar dele.

Júlia disse:

— A resposta para todo esse mistério só pode estar no tal diário. Precisamos encontrá-lo.

— Como, minha filha? — indagou dona Olga.

— Ué? O diário é um objeto sólido que ocupa um lugar no espaço — ela se lembrou de ter lido isso num livro. — Ele *tem* que estar em algum lugar.

— Talvez não esteja — falou André. — O frei pode ter destruído o diário para ele não cair em mãos erradas.

— Ou levado o diário com ele, na hipótese de ter fugido voluntariamente — completou dona Olga.

— E se ele não fugiu? — perguntou Rachid. — E se foi sequestrado, como o engomadinho falou? Se o sequestrador for a "bruxa", provavelmente o diário não estava com o frei.

Era uma possibilidade, pensou dona Olga.

— O diário deve estar escondido em algum lugar — acrescentou André. — Talvez até na casa dele.

— Nós não vamos entrar lá, se é o que você está tentando sugerir — afirmou dona Olga. Mas não era o que estava passando por sua cabeça. Na verdade, ela queria que frei Everaldo acreditasse naquilo. Sua mente já estava trabalhando sem parar, pensando em mil maneiras de entrar na casa de frei Cornélio e vasculhar tudo minuciosamente. As chances de o diário estar guardado lá eram grandes, embora, com certeza, a "bruxa" já tivesse revistado tudo antes.

— Lamento não poder ajudar mais — disse frei Everaldo, cruzando as mãos. — Irmão Cornélio é uma pessoa muito querida por todos. Rogo a Deus que ele esteja bem e que tudo não passe de um mal-entendido sem gravidade.

Dona Olga levantou-se e pendurou a alça da bolsa no ombro.

— Se o senhor tiver notícias dele, por favor, entre em contato conosco.

— Moro na rua Vinte e Sete de Janeiro, 99 — falou Almerinda. — Ao lado da casa de frei Cornélio.

— Podem deixar — assentiu frei Everaldo, pondo-se de pé e dirigindo um aceno a todos. — Peço também que me avisem caso tenham notícias dele.

Despediram-se. O frade sumiu por uma das portas que davam para o claustro e dona Olga, Júlia, André, Rachid e Almerinda retomaram o caminho por onde tinham entrado.

Assim que puseram os pés na nave da igreja, Almerinda estacou feito uma estátua.

— O que foi? — perguntou Júlia, pensando que ela estivesse se sentindo mal.

Almerinda estreitou os olhos, atenta, e disse apenas:

— É ela...!

— Ela quem? — quis saber dona Olga.

— Aline. A moça que trabalha como diarista na casa de frei Cornélio às sextas-feiras. Acho que não cheguei a falar dela com vocês ontem. Ela está bem ali — e apontou para uma moça de cabelos escuros e muito compridos, ajoelhada num dos bancos perto da entrada.

Dona Olga olhou e reagiu como se tivesse acabado de tirar a sorte grande na loteria.

— Minha nossa, é uma oportunidade única — ela exclamou, animada. — Deus existe, Deus é pai. Vamos logo falar com ela.

Mas Aline, pelo visto, também notara a presença de Almerinda e, antes mesmo de o grupo começar a andar na sua direção, levantou-se, fazendo um desajeitado sinal da cruz, e saiu da igreja, apressada.

— Ela está fugindo! — gritou Rachid. — Vamos atrás dela, depressa!!

— Shhhhh! — esbravejou Júlia, levando o indicador aos lábios. — Fala baixo, Rachid! Aqui não é lugar para gritar.

André também fez cara feia.

— E a moça deve ter te ouvido. Agora é que ela não vai querer falar com a gente mesmo.

Eles aceleraram o passo e saíram da igreja, porém Aline não estava mais à vista. Passaram mais de cinco minutos procurando por ela nas imediações do convento, mas a garota havia evaporado.

Dona Olga comentou, ressabiada:

— Que coisa mais esquisita... Por que ela saiu correndo daquela maneira?

Rachid arrematou:

— E por quê, com tantos lugares em Olinda, ela estava justamente no convento?

VOCÊ SABIA?

O convento de São Francisco foi o primeiro estabelecimento franciscano do Brasil. Construído em 1585, é composto pela igreja de Nossa Senhora das Neves, a capela de São Roque, o claustro e a sacristia. O conjunto foi incendiado pelos holandeses em 1631 e restaurado e ampliado ainda no século XVII, após a reconquista do Nordeste pelos portugueses. Abrigou a primeira biblioteca pública de Pernambuco, inaugurada em 1831.

8

DIARISTA SOB SUSPEITA

Na chegada à casa de Almerinda, uns vinte minutos mais tarde, dona Olga, Júlia, André e Rachid compartilhavam uma certeza: frei Cornélio fora, sim, sequestrado. Embora ainda não tivessem provas concretas, pressentiam que era só uma questão de pouquíssimo tempo para elas começarem a aparecer.

Almerinda sabia pouco sobre a vida de Aline e não tinha nem o telefone nem o endereço da moça, o que tornava ainda mais difícil encontrá-la. Dona Olga podia, é claro, recorrer aos registros da Interpol, mas esbarrava em dois problemas: "Aline" era um nome bastante comum e devia haver milhares morando no Grande Recife. Além disso, a moça talvez vivesse com os pais ou o marido e não possuísse imóvel em seu nome.

A noite da Quarta-Feira de Cinzas tinha caído e o Carnaval seguia a toda na cidade. A música e as vozes animadas dos foliões entravam pelas frestas das janelas. Na sala de Almerinda, porém, estavam todos muito sérios e compenetrados. Até Júlia, André e Rachid. Eles só tinham um pensamento: chegar à misteriosa empregada do frei. Se a moça fugira daquela maneira ao ver Almerinda, era porque tinha algo a esconder.

— Esse sumiço do frei está começando a me tirar do sério — comentou Rachid.

Júlia olhou-o com desdém:

— Não diga. Eu não sabia que você tinha sido sério algum dia.

André soltou uma risadinha. Mas, antes que Rachid pudesse dar uma resposta (e, pela cara que fez, ele ia dar mesmo), dona Olga interveio:

— Se vocês vão começar a discutir, me avisem que eu vou dar uma volta lá fora. É menos barulho.

Os três se aquietaram na hora.

Almerinda, que passara bastante tempo dentro do seu quarto, voltou à sala naquele momento.

— Desisto. Não tenho nenhum telefone, endereço... nada que possa levar àquela moça. Pensei que frei Cornélio tivesse me passado o celular dela, mas era o número de uma senhora que faz doces e bolos por encomenda, em Bonsucesso. Deve ter sido uma indireta para eu encomendar os bolos dela, que têm fama de ser gostosos, para os lanches que eu oferecia a ele aqui em casa de vez em quando.

— Espertinho ele, hein? — soltou André.

— Como se você não fosse fazer a mesma coisa, né? — riu Rachid.

— Escuta aqui...

— É impressão minha, ou vocês ficaram surdos? — interrompeu dona Olga, completamente impaciente. — Vocês não ouviram o que eu disse? Se vocês vão começar a discutir, me falem que eu vou para a rua.

Depois de uma pausa rápida, arrematou:

— E deixo vocês fora deste caso.

— AH, NÃO!!! — gritaram os três em uníssono.

— Será possível que vocês não conseguem ficar dois minutos sem implicar um com o outro?

— Mas, vovó... — argumentou Júlia. — Não dizem que isso treina o raciocínio dos jovens para os obstáculos da vida adulta?

— Você leu isso onde? Em algum almanaque do tipo *Eu Sei Tudo*?

Júlia fez uma careta:

— Almanaque...? O quê, vovó?

— Esquece. Isso não é do seu tempo — dona Olga sacudiu os ombros e se levantou, passando a andar em círculos pela sala. — Bem, já que Almerinda não tem ideia de onde Aline mora, nós vamos ter que agir por outros meios. Os *nossos* meios.

André se arrepiou todo:

— AimeuDeusdocéu... — Ele se contraiu na poltrona, em pânico. — Eu não gosto desse negócio de “nossos meios”. É sinal de que a gente vai se meter em encrenca.

— Nós já estamos metidos na encrenca, André — disse dona Olga. — Agora é ir em frente. Só vamos conseguir descansar depois que descobrirmos o que aconteceu com frei Cornélio.

— Mesmo que não tenha acontecido nada? — perguntou Júlia.

— Tomara que não tenha acontecido nada — afirmou dona Olga.

— E a senhora está pensando em fazer o quê? — indagou Rachid.

Dona Olga pigarreou.

— Bem... Embora não saibamos onde Aline mora, conhecemos um lugar que ela frequenta com regularidade — ela deu um sorriso amarelo. — E é lá que vamos investigar.

Júlia, André e Rachid entenderam direitinho o recado de dona Olga e reviraram os olhos, antevendo o que estava por vir.

SERÁ QUE VOCÊ SABE?

Que lugar é esse que Aline frequenta?

Se você decifrou este enigma sem ter insônia, parabéns! Outro ponto para você.

Almerinda preferiu não acompanhá-los e disse que iria aproveitar para preparar um mungunzá como sobremesa para o jantar, uma espécie de mingau feito à base de milho branco e coco, que também é conhecido como canjica no Sudeste. André, que há dias andava roxo para experimentar uma comida pernambucana mais "encorpada", não fez cerimônia:

— Por que a senhora não faz um sarapatel?

— Deixa de ser folgado, menino! — ralhou dona Olga. — Isso são modos de falar?

Mas Almerinda tinha achado graça.

— Não tem problema, Olga. Gosto da franqueza dos jovens. — Ela virou-se para André. — Eu adoraria preparar, mas não sei. É um prato muito difícil. Mas conheço um lugar aqui perto que serve o melhor sarapatel de Olinda. Chama-se Pensão da Moura. Depois dou o endereço para você.

André começou a sonhar com o melhor sarapatel de Olinda enquanto saía com dona Olga, Júlia e Rachid pela porta dos fundos. Eles não quiseram ir pela frente por razões óbvias: a rua estava cheia de gente e, com certeza, alguém acharia estranho aqueles quatro tentando invadir uma casa fechada.

Eles pularam sem dificuldade o muro baixo que dava para o pequeno quintal do vizinho. Dona Olga se sentia uma fora da lei ao entrar na casa do frei sem pedir licença. Se não fosse urgente, ela não faria isso. Seu maior medo era ser forçada a arrombar alguma porta ou janela. Além de não ser correto, ela não queria causar nenhum tipo de prejuízo ao frei Cornélio. Por isso, foi com alívio que eles encontraram a porta dos fundos apenas encostada.

Júlia arregalou os olhos:

— Será que o frei se esqueceu de trancar a porta?

— Ou então ele foi levado antes que pudesse fazer isso — especulou dona Olga. — O que reforça ainda mais a hipótese de sequestro.

Mas Rachid tinha outra teoria:

— Eu acho que alguém entrou aqui antes da gente. Aquela "bruxa", eu diria.

Ele estava certo. Foi o que todos constataram assim que atravessaram a cozinha e entraram na sala. Havia gavetas abertas; papéis e objetos estavam espalhados por toda parte. Um cenário parecido com o da casa de Almerinda na noite anterior.

— Parece que a "bruxa" passou mesmo por aqui — disse André.

— E pelo jeito não encontrou o que estava procurando — comentou Júlia. — Caso contrário, não teria ido atrás da dona Almerinda.

— Só se ela veio aqui depois... — arriscou André.

— Não faz sentido — disse Rachid. — Se ela estava atrás do diário do frei, teria que procurar aqui primeiro.

Dona Olga tentou acalmar os ânimos:

— Nós nem temos certeza se foi a "bruxa" que fez esse estrago aqui. Isso pode ter acontecido ontem, anteontem, hoje... Tudo é possível.

Eles caminharam pela sala, tomando cuidado para não pisar em nada. A casa do frei era simples, com poucos móveis. Somente o básico para viver com um mínimo de conforto: um sofá, uma mesa de jantar com quatro cadeiras, uma cômoda, um genuflexório e um oratório repleto de imagens religiosas, que havia sido poupado da sanha destruidora do invasor. Da sala se chegava a um cômodo que dava acesso a um banheiro e a dois quartos. Um deles, com uma cama antiga, um crucifixo na parede, uma Bíblia enorme aberta sobre um móvel e um pequeno guarda-roupa, devia ser o dormitório do frei. No outro, onde se viam uma poltrona, uma pequena escrivaninha e duas grandes estantes de livros, ficava a sua biblioteca particular — que, por sinal, tinha sido virada do avesso. Montanhas de livros se amontoavam pelo chão e poucos restavam nas prateleiras. Sinal de que o invasor concentrara ali as suas buscas.

— Quem entrou aqui estava procurando um livro — suspirou Júlia. — Ou um diário.

Eles se dividiram para examinar a casa, embora, desanimados, já soubessem que não encontrariam nenhuma pista do diário ou do frei. No armário dele havia poucas roupas e objetos pessoais. O frei parecia levar uma vida austera e modesta. Na cozinha, os armários guardavam apenas alguns copos, louças e talheres, além de um pequeno suprimento de comida. Isso talvez indicasse que ele não pretendia viajar. Na geladeira ligada, havia manteiga, um pote de queijo e algumas frutas, o que reforçava essa hipótese.

Eles resolveram dar uma última espiada na biblioteca. Dona Olga percebeu, encantada, que entre os livros jogados no chão estavam preciosos exemplares da *Flora Brasiliensis* — uma célebre obra em 15 volumes com um detalhado mapeamento da flora brasileira, que começou a ser escrita em 1840 pelo botânico alemão Carl Friedrich Philipp von Martius. Ele viera ao Brasil em 1817 como integrante da comitiva da futura imperatriz Leopoldina e durante três anos percorrera o país realizando seus estudos.

Sobre a escrivaninha, dona Olga notou um livro que aparentava ser ainda mais antigo. Estava aberto na página 309, na qual o desenho de dois cogumelos ilustrava um texto em latim. Ela deu uma espiada na capa. A obra se chamava *De Indiae Utriusque Re Naturali Et Medica — Libri Quatuordecim*, de Willem Piso.

A forma como o livro estava posicionado sugeria que alguém se sentara ali para estudá-lo ou, ao menos, para folheá-lo. Ou o frei estava concentrado na leitura quando desapareceu ou a pessoa que invadiu a casa se interessou pela obra. As duas hipóteses eram sugestivas. Por via das dúvidas, dona Olga tirou uma foto da capa do livro com o celular.

Enquanto isso, Júlia, André e Rachid também faziam uma descoberta: uma bolsa feminina de couro, guardada no pequeno armário sob a escrivaninha. Enfeitada com laços e chaveiros, estava um tanto gasta pelo uso.

Havia pouca coisa dentro dela: uma pequena frasqueira com dinheiro, um perfume e o horário de uma linha de ônibus Olinda-Recife. A grande surpresa, contudo, estava guardada num compartimento interno da bolsa. Uma carteira de trabalho, em nome de Aline Maria Sousa Santana.

— A bolsa é da diarista que trabalha para o frei! — exclamou André.

Na carteira, constava que, desde 8 de dezembro passado, Aline trabalhava formalmente em outro lugar. Mais precisamente na avenida Boa Viagem, 3.600, apartamento 2701, em Recife. O nome do seu empregador: Delphine Lebreton, a costureira belga responsável pela criação do vestido de casamento de Constância Cavalcanti Rodrigues D'Ávila.

Aline Santana trabalhava para madame Delphine?!

Por essa nem dona Olga esperava. A lista dos suspeitos do rapto de frei Cornélio só aumentava...

Foi então que André se lembrou de frei Everaldo. Havia alguma coisa errada com ele. O menino, que adorava uma trama de mistério, tinha implicado com a aparência dele e ficou se perguntando se Everaldo não seria um falso frade. Isso talvez explicasse a presença de Aline na igreja.

SERÁ QUE VOCÊ SABE?

Por que André acha que Everaldo não é um frade?

Será que André ficou tão contente quanto você, se acertou? Ponto!

9

VISITA SURPRESA EM BOA VIAGEM

Não havia tempo a perder e, mal o sol glorioso do Nordeste iluminou a manhã de quinta-feira, dona Olga, Júlia, André e Rachid partiram para Recife. Frei Cornélio continuava sem dar notícias, e seu desaparecimento estava completando uma semana.

Quando o táxi entrou na avenida Boa Viagem, que margeava a famosa praia de mesmo nome, as crianças ficaram impressionadas com a suntuosidade e a altura dos edifícios erguidos de frente para a orla. Alguns pareciam ter mais de quarenta andares. A vista do mar, ali, devia ser deslumbrante. A praia estava cheia.

Procure pelo número 4 no mapa
e veja onde fica a praia de Boa Viagem.

Pararam em frente ao edifício de madame Delphine, um dos mais modernos e luxuosos daquela parte da avenida. Desceram do táxi. Rachid carregava uma sacola preta, cujo conteúdo ele se recusava a revelar. Ele esticou os olhos para o mar, enquanto uma brisa fresca sacudia o seu *kefié*.

— Que lugar bonito!

Sem muita animação, André comentou:

— Ouvi dizer que tem muitos tubarões. De vez em quando eles atacam os banhistas.

VOCÊ SABIA?

Recife foi batizada com esse nome por causa dos muitos recifes (ou arrecifes) existentes ao longo da costa da região. Recifes são formações rochosas situadas nas proximidades do litoral de zonas tropicais. Toda a praia de Boa Viagem, por exemplo, é protegida por uma extensa faixa de recifes, que funciona como uma barreira natural contra a aproximação e o ataque de tubarões. Por isso, as autoridades desaconselham aos banhistas nadar além deles. Placas distribuídas pela praia alertam para esse grande perigo.

Rachid encarou-o com espanto:

— É mesmo? — Depois de pensar uns segundos, ele anunciou: — Gente, acabo de solucionar o mistério.

Todos olharam para ele, atônitos.

— Ai, Rachid. Lá vem você com suas soluções malucas... — protestou Júlia.

A menina, por sinal, estava superarrumada: vestia uma blusa de seda estampada e uma saia branca de linho e calçava uma sandália de couro de tirinhas. Tudo porque não queria fazer feio num edifício elegante.

Rachid respondeu:

— Pensem comigo: o André acabou de me contar que o mar aqui é cheio de tubarões...

— Para, Rachid! Esse assunto está me deixando nervosa! — ralhou Júlia.

— Isso não tem a menor lógica, Rachid — disse André. — Se a polícia fosse depender das suas deduções, estaria perdida.

— E vocês dariam péssimos detetives — devolveu Rachid, sem se incomodar com as críticas. — Vocês não sabem que, numa investigação, é preciso considerar todas as possibilidades?

Dona Olga, que segurava a bolsa de Aline, resolveu não se meter naquele papo. Enquanto eles discutiam, ela pagou o táxi e pressionou o botão do interfone, na entrada do prédio.

A voz do porteiro se fez ouvir no alto-falante:

— Sim?

Dona Olga ia dizer que estava ali para devolver os pertences da empregada do apartamento 2701, mas olhou, sem querer, para o alto e avistou uma placa de "VENDE-SE" na varanda de um dos primeiros andares. Teve, então, uma ideia melhor:

— Eu... estava passando pela rua e vi a placa anunciando a venda de um apartamento. Gostaria de visitá-lo. É possível?

A fechadura emitiu um zumbido e dona Olga empurrou a porta envidraçada que dava para um terreno ajardinado que circundava o moderno arranha-céu. Com sua aparência de "vovozinha bondosa e fofa", ela não inspirava desconfiança em ninguém. Júlia, André e Rachid, ainda entretidos com a discussão sobre os tubarões, tiveram de se apressar para não ficarem para trás.

— A senhora ia esquecer a gente aqui fora, vovó? — Júlia estava revoltada.

Dona Olga deu de ombros:

— Vocês estavam tão entusiasmados falando dos tubarões que eu preferi não interromper a conversa.

O porteiro deixou seu posto numa cabine envidraçada a meio caminho entre a entrada do terreno e o prédio propriamente dito. Ele carregava um chaveiro com o logotipo de uma imobiliária.

— O corretor só passa por aqui no fim da tarde, mas vocês podem subir — ele disse, sorridente. — Terceiro andar, apartamento 301.

Dona Olga apanhou a chave.

— Obrigada. Tentaremos não demorar muito.

A portaria do edifício era suntuosa, precedida por uma escada de mármore e um portal sustentado por colunas altas e robustas. Tomaram o elevador e, em vez do "3", apertaram o botão "27".

— Tomara que o porteiro não esteja vendo tudo por aquela câmera ali em cima — resmungou André. — Se ele perceber que não fomos para o terceiro andar...

— Não vai acontecer nada — declarou dona Olga, com segurança. — Não estamos cometendo crime algum. E, além do mais, nós já conseguimos o que queríamos, que era entrar no prédio. Resta saber se Aline ou madame Delphine estão em casa.

— A gente devia ter ligado antes de vir — falou Júlia, enquanto ajeitava o cabelo no espelho do elevador.

— Para quê? — indagou André. — Para elas saberem da nossa vinda e não abrirem a porta de jeito nenhum?

— Não, seu prego! — reagiu Júlia. — Para saber se teria alguém em casa. Era só esperar alguém atender, dizer que foi engano, e desligar.

— E se elas saíssem logo depois de atender a ligação? — especulou Rachid. — Daria na mesma.

— Não adianta falar nisso agora — disse dona Olga. — Já estamos aqui e pronto. Agora é ir em frente.

O elevador chegou ao destino e se abriu para um hall luxuoso de piso de tábuas corridas e papel de parede. Foi Rachid que apertou a campainha do 2701.

Ouviram passos do lado de dentro do apartamento, seguidos do ruído da maçaneta sendo girada.

Olhos espantados fitaram os quatro visitantes quando a porta se abriu.

— Bom dia.

Madame Delphine? É claro que não. A moça era bem mais baixa e usava um uniforme preto e branco. Os cabelos estavam ocultos por um lenço branco.

— Você é Aline? — perguntou dona Olga.

— Não — ela respondeu no ato. A moça parecia assustada. — Quem são vocês?

— Viemos falar com Aline — disse dona Olga. — É sobre frei Cornélio.

— Não sei de nada. — A moça ia bater a porta na cara deles. Mas André e Rachid, um parecendo ler o pensamento do outro, se jogaram juntos sobre a porta e não deixaram que ela a fechasse. A moça se irritou e empurrou-os para a frente:

— Vocês querem invadir a casa? Eu vou chamar a polícia.

— Se você não é Aline — começou André —, pode falar pra ela que precisamos conversar com ela?

— Aline não trabalha mais aqui!

— Podemos confirmar se você é Aline ou não com madame Delphine — disse Júlia, a fim de testar a reação da moça. — Ela está?

A moça parou subitamente e encarou-os com pavor. Pareceu sentir, naquele momento, que eles estavam muito mais informados do que ela imaginava.

— Madame Delphine não está, e eu já disse que Aline não trabalha mais aqui — ela respondeu, ainda mais nervosa. — Se vocês não forem embora agora, eu juro que chamo a polícia!

— Que pena! — disse dona Olga, fingindo comiseração. — Pois nós viemos aqui justamente para entregar esta bolsa a Aline. Ela a esqueceu na casa do frei.

Dona Olga ergueu a bolsa às vistas da moça e baixou-a em seguida, apertando o botão do elevador.

— Se você encontrar a Aline, peça que me procure na casa de Almerinda, na rua Vinte e Sete de Janeiro, 99. Ao lado da casa do frei. A bolsa estará lá à espera dela. Meu nome é Olga.

O elevador chegou e dona Olga fez um sinal para os garotos entrarem, deixando a moça estática agarrada à porta entreaberta, olhando para eles como se tivesse acabado de ver uma assombração.

10

DOIS OLHOS ESPIAM A DISTÂNCIA

Ao deixarem o prédio, eles resolveram atravessar a avenida e fazer uma caminhada pelo calçadão de Boa Viagem. Era bom para pensar nas pontas soltas do desaparecimento do frade. Ainda mais porque soprava um vento agradável com forte cheiro de maresia e a paisagem ali, com a fileira de arranha-céus de um lado e a praia do outro, era mesmo muito bonita. Tomariam uma condução mais adiante. A princípio, André não gostou muito da ideia, mas acabou por concordar que o dia estava propício a caminhadas na beira da praia.

O calçadão, arborizado e pavimentado com pequenas lajotas intertravadas e pedras portuguesas, formava um extenso mosaico colorido. Vários recifenses e turistas se exercitavam ali naquele momento. Outros andavam de bicicleta pela ciclovia, mas a maioria simplesmente passeava.

Dona Olga falou de repente:

— Antes de ir a Olinda, precisamos comprar roupas para o jantar de amanhã no palácio do governo.

— Pois é, não trouxemos nada que possamos usar num lugar assim. — Os olhos de Júlia reluziram e a menina começou a antecipar, animadíssima, a compra de um vestido novo. — Ai, quero usar um longo de seda bem brilhante. Onde será que a gente encontra uma loja que venda roupas de luxo?

— Almerinda me deu o endereço de um shopping no centro histórico — disse dona Olga. — Segundo ela, é um dos melhores da cidade.

Mas nós não vamos gastar muito não, viu, Júlia? Deixe de lado esse seu entusiasmo consumista.

— Júlia, o Carnaval acabou ontem — implicou Rachid, ainda agarrado à misteriosa sacola preta. — Vestido brilhante? A gente vai a um jantar no palácio do governo, esqueceu?

André completou:

— Será que na homenagem que o governador vai fazer para dona Vilma vai ter um grupo de maracatu? Porque, se tiver, Júlia pode ser a calunga.

André se referia a uma boneca bonita e vestida com capricho, que era uma figura central dos cortejos de maracatu. Ele e Rachid se escangalharam de rir. Júlia fez cara de quem não estava nem aí para o comentário e disse:

— Vou encarar isso como um elogio, porque AMEI as calungas que vi nos cortejos de maracatu em Olinda.

— Só lamento não ter trazido meu *kefié* de gala — lastimou Rachid. — Vai ter que ser este aqui mesmo.

VOCÊ SABIA?

O maracatu é uma típica manifestação folclórica de Pernambuco. Surgida no século XVIII em terreiros de candomblé, acredita-se que sua inspiração provém principalmente das festividades da realeza do Congo, trazidas para o Brasil pelos africanos escravizados.

Caracterizado por uma dança de cortejo, é acompanhado de uma orquestra de percussão e possui grande conotação religiosa. Por essa razão, a presença das calungas nos cortejos é fundamental, já que as bonecas são um símbolo sagrado do candomblé pernambucano e representam entidades espirituais ou rainhas africanas falecidas.

— Ótimo — foi a vez de Júlia devolver a alfinetada —, assim você pode dar a sua contribuição para o jantar, se faltar pano de prato na cozinha.

Rachid começou a assobiar, fazendo de conta que não tinha dado a mínima para a provocação. De repente, a cor fugiu do seu rosto e ele perguntou:

— Pessoal, que horas são?

— Meio-dia em ponto — respondeu dona Olga, olhando para o seu relógio de pulso.

— Meu Deus — Rachid entrou em pânico. — Está quase passando da hora!

— Hora de quê? — André olhou-o assustado.

Então, Rachid retirou o misterioso conteúdo da sacola preta. Um tapetinho persa. Olhou à volta e calculou, com base na posição do sol, o lado em que ficava Meca (a cidade sagrada do islamismo, na Arábia Saudita, em cuja direção todos os muçulmanos deveriam rezar). Em seguida, estendeu o tapetinho sobre o calçadão e, diante de dona Olga, Júlia e André completamente atônitos, ajoelhou-se sobre ele e começou a rezar em árabe:

— *Bismilá ar-rahmaan ar-rahee; Al-hamdú lilahi rab al-alameen...*[5]

Todas as pessoas que passaram por eles naquele momento pararam para assistir à cena. Rachid não estava nem aí. Ao final da oração, levantou-se calmamente e sacudiu o tapetinho para tirar a areia, antes de guardá-lo de volta na sacola.

— Rachid, você não acha meio estranho fazer a sua oração assim no meio da calçada? — Júlia perguntou.

— Não tive tempo de fazer minha oração diária de manhã — Rachid respondeu, com tranquilidade — e, com essa correria da investigação, fiquei com medo de não conseguir rezar mais tarde. Por isso trouxe o tapetinho. Muçulmanos devem rezar sobre lugares absolutamente limpos. E aqui, por causa da praia, tem muita areia.

---

5 Tradução do árabe: "Em nome de Deus, o Clemente, o Misericordioso; louvado seja Deus, Senhor do Universo...".

— Ah, eu gostei bastante do seu gesto — disse dona Olga, com um sorriso. — A língua árabe é tão melodiosa. E rezar é sempre bom.

André pigarreou, louco para mudar de assunto:

— Bem, voltando à nossa visita ao apartamento... Vocês acham que adiantou alguma coisa a gente ter ido lá? — Era mais uma afirmação do que propriamente uma pergunta.

— Adiantou sim — respondeu dona Olga, que estava incrivelmente confiante, com a bolsa de Aline pendurada no ombro. — É lógico que aquela moça *é* a Aline. Se fosse outra pessoa, não teria ficado tão nervosa. E ela vai nos procurar mais depressa do que vocês imaginam.

— Só para apanhar a bolsa... — supôs André, desanimado. — E, depois que a entregarmos, ela vai sumir de vez.

— Não — falou Rachid. — Porque nós não vamos entregar a bolsa assim de bandeja. Ela vai ter que soltar a língua primeiro.

— Mas a bolsa é dela — protestou Júlia.

— Pode ser. Mas, se ela estiver metida no sumiço do frei por causa do tal diário, passa a ser uma ladra sequestradora. — Rachid ajeitou o *kefié*, de maneira a cobrir o sol forte que lhe ofuscava a visão. — Daí, em vez de devolver a bolsa a ela, entregamos para a polícia como prova do crime. E aproveitamos e entregamos a moça também.

— Eu acho que essa Aline não tem nada a ver com o sumiço do frei — comentou Júlia.

— Por quê? — perguntou dona Olga. — Vamos ver se o seu raciocínio bate com o meu.

— Porque ela não iria deixar a bolsa dela dando sopa na casa do frei depois de revirar tudo lá. Aliás, ela nem precisaria fazer isso. Como diarista, ela entra lá sempre que quiser e sem atrair suspeitas. Pode vasculhar tudo com calma e, se algum intrometido aparecer, basta dizer que estava limpando.

— É exatamente isso o que eu acho — parabenizou dona Olga. — Muito bem, Júlia.

— A não ser que Aline esteja agindo a mando de madame Delphine — opinou Rachid, cortando o barato das duas.

— Não faz sentido — ponderou dona Olga.

— Não? E se ela revirou a casa de propósito e deixou a bolsa lá para não atrair suspeitas? — Rachid foi a voz dissonante mais uma vez. Tinha prazer em ser "do contra". — Justamente para todo mundo pensar isso que a gente está pensando: "Ah, ela não precisaria virar a casa pelo avesso, já que trabalhava lá".

— Só se ela for dona de uma mente muito maquiavélica — disse dona Olga. — O que não parece ser o caso.

Rachid insistiu, incansável:

— Raciocinem comigo: Aline é empregada do frei... A casa do frei foi revirada... A bolsa foi esquecida... Ela está nervosa demais... Vocês não percebem como tudo isso se encaixa?

— Percebemos, Rachid — falou André, querendo dar um basta àquela conversa. Faminto, ele estava suando em bicas. — Esse lugar aqui é lindo, mas não está na hora de voltar para Olinda?

— Mas nós já estamos voltando, André — provocou Júlia. — A pé.

André retesou-se.

— Não brinca assim, não.

— Não estou brincando. São só umas três horinhas de caminhada até a casa da dona Almerinda. Qual o drama?

Como dona Olga e Rachid não fizeram nada para desmentir Júlia — mais porque estivessem distraídos à procura de um táxi —, André quase chegou a acreditar. Mas logo a irmã caiu na risada e ele viu dona Olga fazendo sinal para um táxi do qual uma passageira acabara de desembarcar, junto ao Terceiro Jardim.

— Estou cansado e morrendo de fome — ele falou, aliviado, enquanto atravessavam a rua. — Por que a gente não almoça na tal Pensão da Moura, onde tem aquele sarapatel famoso?

— Miúdos e sangue de porco refogados? Não vai dar! — Rachid falou com ar sério. Os muçulmanos não comem carne suína e Rachid não era exceção.

Eles deixaram Boa Viagem sem perceber um segundo táxi que os seguia a distância há horas, desde que tinham saído de Olinda. No seu interior, alguém não muito contente com aquela investigação os observava.

“Esses enxeridos precisam ser detidos antes que descubram alguma coisa”, pensou o perseguidor, e imediatamente teve uma ideia sensacional.

SERÁ QUE VOCÊ SABE?

Se a pessoa misteriosa que estava no segundo táxi é a mesma que raptou frei Cornélio, já dá para eliminar um dos suspeitos do final do capítulo 10 com base nos dois últimos parágrafos deste capítulo. Quem você inocentaria? E por quê?

Acertou sem usar o decodificador? Marque um ponto na sua Ficha de Detetive!

11

O LABORATÓRIO HOLANDÊS

Os quatro passaram algumas horas no shopping recomendado por Almerinda, no Recife Antigo, almoçando e comprando as roupas para o jantar da noite seguinte. Na saída — para desespero de André, que não aguentava dar mais nem um passo sequer —, decidiram dar uma volta pelas ruas pitorescas daquela parte da capital pernambucana, repletas de construções antigas.

Mesmo carregados de sacolas, eles percorreram extasiados a praça do Marco Zero, onde a cidade nasceu. Debruçada sobre o mar, a praça era ampla e rodeada por magníficos edifícios e palacetes históricos de Recife. Em seu piso havia uma colorida rosa dos ventos criada pelo pintor pernambucano Cícero Dias e dali se avistava o Parque de Esculturas, que reunia obras de outro célebre filho da terra: Francisco Brennand, com destaque para a escultura *Coluna de cristal*, com mais de 30 metros de altura, feita de bronze e argila. O parque ficava sobre um arrecife, e a única maneira de visitá-lo era tomando um barco no Marco Zero.

Procure pelo número 5 no mapa e veja onde fica o Marco Zero.

Mais adiante, conheceram a sinagoga Kahal zur Israel, o primeiro templo israelita das Américas, que hoje funciona como centro cultural.

— Durante a ocupação holandesa no século XVII — explicou dona Olga ao trio, atento —, Recife abrigou uma grande comunidade de judeus.

Muitos eram descendentes de judeus portugueses que se refugiaram na Holanda para escapar da feroz perseguição da Inquisição portuguesa.

Eles percorreram o interior da sinagoga. Dona Olga acrescentou:

— Essa foi, inclusive, uma das razões para eles terem vindo para cá. Esses judeus conheciam a nossa língua e podiam servir de intérpretes, além de serem exímios comerciantes e empreendedores. Isso interessava aos holandeses, pois ajudaria muito no desenvolvimento econômico da região.

— E quando os holandeses foram embora, o que aconteceu com os judeus? — perguntou Rachid, admirado com a beleza do templo.

— Receberam do governo português uma ordem para deixar o Brasil — explicou dona Olga. — Muitos foram, mas uma parte ficou. Alguns se refugiaram em áreas afastadas do sertão, de terra seca e inóspita que não interessava à Inquisição. Nesses lugares, eles podiam viver em paz.

Depois, os quatro atravessaram a ponte Maurício de Nassau, sobre o Capibaribe. Ela era uma das muitas que cruzavam os rios e canais de Recife. Foi a primeira ponte erguida no Brasil, em 1640, e estava toda enfeitada para o Carnaval.

André estava quase se arrastando de tão exausto. Eles entraram num táxi na avenida Martins de Barros, desta vez em direção a Olinda. André desabou no banco de trás e só não caiu no sono porque estava louco de vontade de voltar à leitura do livro policial assim que chegasse em casa. Nessa hora ele pensou que precisava estar em melhor forma para a próxima aventura.

Almerinda não estava em casa quando eles finalmente chegaram, no meio da tarde. Depois de largar as compras na sala, beberam bastante água e, em seguida, dona Olga abriu seu laptop sobre a mesa de jantar.

— Vai conversar com o "Leão"? — perguntou Júlia, curiosa, colocando-se atrás dela.

— Não. Quero fazer umas pesquisas.

André e Rachid, que ainda estavam na cozinha, juntaram-se a elas, atraídos pela conversa.

— Que pesquisas? — quis saber André.

— Sobre madame Delphine. E vocês vão me ajudar.

Dona Olga entrou num site de buscas e digitou “Delphine Lebreton”. O site retornou milhares de resultados — a maior parte em francês e inglês. Dona Olga abriu o primeiro deles. Era o site oficial de madame Delphine, onde havia várias fotografias de suas criações, o endereço de sua loja-ateliê no bulevar de Waterloo, em Bruxelas, e uma breve biografia. De acordo com o texto, Delphine tinha 53 anos, era solteira e passava cerca de quatro meses por ano no Nordeste do Brasil, onde se dedicava a criar modelos inspirados na paisagem e no estilo de vida dos trópicos.

— Madame Delphine parece ter bastante prestígio na Bélgica — comentou dona Olga, verdadeiramente admirada. — Sua loja fica num endereço importante de Bruxelas e ela é citada em muitos sites.

— Então o vestido de casamento da filha alienígena da dona Vilma deve ter custado uma fortuna — comentou Rachid.

Eles refinaram a busca para obter sites em português. Eram poucos — não mais do que oitenta. Um deles, o que figurava no topo da lista, era de um conhecido jornal de Recife. Dona Olga clicou no link e uma reportagem encheu a tela. Era a respeito do coquetel realizado pelo Polygoon-Veelhoek — mais conhecido por PolyVeel —, conceituado laboratório holandês que acabara de se instalar em Recife. A festa aconteceu numa famosa casa de recepções em Apipucos, em dezembro. Numa das fotos, madame Delphine aparecia ao lado do presidente da filial brasileira, o holandês Walter Blom, um homem gordinho e grisalho, que aparentava ter uns 60 anos.

— Sem querer parecer xenófoba, tem holandês demais nessa história, vocês não acham? — dona Olga perguntou.

— Como assim, “holandês demais”? — Rachid não entendeu. — Tem só o frei, que mora aqui há muito tempo, e esse Walter Blom.

— Tem a madame Delphine também — André falou. — Quer dizer, mais ou menos.

— Mas a madame Delphine é belga — contestou Júlia.

— Sim, mas a Bélgica é um país dividido — explicou André. — Na parte norte, na região chamada Flandres, perto da Holanda, as pessoas falam flamengo.

Rachid esbugalhou os olhos.

— Ah, elas são flamenguistas? — perguntou ele. — E no sul, se fala o quê? Fluminense? Vasco?

— Não, Rachid! — André respondeu, sem paciência. — Flamengo é um dialeto do holandês.

— No sul da Bélgica, que faz fronteira com a França, se fala francês — esclareceu dona Olga. — Madame Delphine é de lá, com certeza.

— Então a madame não fala flamengo? — Rachid soltou o ar dos pulmões, aliviado. — Pelo menos isso. Pois eu torço pelo Vasco.

— Mas eu torço pelo Flamengo e não entendo por que madame Delphine não poderia falar flamengo — reagiu André, já meio descontrolado.

— Ela não tem cara de quem curte futebol — ponderou Júlia, se metendo na discussão. — E, se curte, deve torcer por algum time da Bélgica. Ou, vai ver, por algum daqui de Recife.

Dona Olga interveio:

— Ficar discutindo futebol numa hora dessas só não é mais inoportuno do que contar piada em velório. Podem parar!

Ouviram batidas na porta. Dona Olga levantou-se para atender e quase caiu para trás ao ver quem estava à sua frente.

Júlia, André e Rachid logo se aproximaram e também reconheceram a visita.

— Posso entrar?

— Claro — dona Olga abriu passagem. Sua intuição estava correta. A moça que os atendera no apartamento mais cedo era mesmo Aline. A cabeleira comprida estava solta e, no lugar do uniforme, ela vestia uma roupa simples.

— Fiquei pensando em como vocês me encontraram e lembrei que a minha carteira de trabalho está na bolsa — a moça falou. — Vocês mexeram nela, né?

— Tivemos que mexer — dona Olga explicou serenamente. — Não sabíamos a quem pertencia.

— Do frei é que não era — acrescentou Júlia.

Aline olhava para todos os lados, tensa e ressabiada.

— Por que não se senta? — dona Olga acomodou-se numa poltrona.

Aline continuou de pé.

— Cadê a bolsa?

— Antes você vai responder a umas perguntas.

— Não vou responder nada. Quero a minha bolsa!

— Acalme-se, minha jovem. Ninguém aqui vai lhe fazer mal. Nós queremos saber o que aconteceu com o frei Cornélio, para quem você trabalha às sextas-feiras. O frei desapareceu, tem um maníaco atrás dele e a casa foi virada pelo avesso.

— O que vocês têm a ver com isso?

— Nós estamos investigando.

Júlia lembrou-se de Constância e do desdém com o qual olhara para eles quando ficou sabendo que dona Olga era da Interpol. Júlia não estava certa se conseguiria se controlar no caso de Aline perguntar se "as criancinhas" também participavam da investigação.

Felizmente, porém, Aline apenas sentou-se. Parecia bastante desconfortável.

— O que mais chamou a atenção na sua carteira de trabalho — disse dona Olga — foi descobrir que você também trabalha para madame Delphine Lebreton.

Aline sacudiu os ombros.

— O que isso tem de mais?

— A princípio, nada. Mas nós chegamos a pensar que a madame tivesse recrutado você para espionar o frei.

Aline pareceu confusa.

— Desculpe, mas a senhora está delirando. Eu já trabalhava como diarista para o frei muito antes de trabalhar para madame. Quando soube que eu estava precisando de mais casas para trabalhar, o frei falou com dona Vilma, uma amiga dele, e ela me recomendou para madame Delphine, que estava procurando uma empregada. Comecei lá em dezembro e fico até março, quando madame volta para a Europa. Ela só passa quatro meses por ano aqui.

A explicação de Aline batia com as informações que eles tinham. Se ela estava contando alguma mentira, tratava-se de uma dissimulada profissional, fria e perigosa. Mas, sinceramente, não parecia ser o caso.

— Você estava na casa do frei quando o bandido entrou? — perguntou Júlia, de repente.

— E esqueceu a bolsa quando fugiu? — acrescentou Rachid.

— Eu não esqueci a bolsa — falou Aline.

— Não? — perguntou André. — Mas a gente encontrou a bolsa guard...

— Foi na sexta passada — Aline o interrompeu. — O frei não estava. Tinha um bloco de Carnaval passando aqui na rua. Uma barulheira danada. Comecei a fazer a faxina normalmente. De repente, uma pessoa fantasiada de bruxa, com máscara e chapéu, apareceu na minha frente, vinda não sei de onde.

Dona Olga, Júlia, André e Rachid trocaram olhares nervosos.

— Ela começou a me perguntar sobre um diário — continuou Aline. — Queria porque queria saber onde estava o diário do frei. Eu não sabia de nada. E continuo sem saber. A bruxa me ameaçou com uma faca e eu acabei passando mal, de nervoso. Desmaiei e acordei num hospital.

— Como é que encontraram você? — Júlia estava intrigada.

— Um frade amigo de frei Cornélio apareceu lá na casa e me socorreu. O nome dele é Everaldo. Frei Everaldo. Ele é do convento de São Francisco.

Frei Everaldo não comentara nada sobre ter estado na casa de frei Cornélio na sexta-feira; ele dissera, isso sim, que estivera lá na quinta. "Ou ele não contou por achar a informação irrelevante ou a omitiu por alguma outra razão menos nobre", pensou dona Olga.

— Frei Everaldo foi muito bom para mim — continuou Aline. — Ele me acompanhou até o hospital. Só saí de lá na segunda. Foi por isso que vocês me viram na igreja ontem. Eu fui lá para agradecer por ele ter me socorrido e também para saber se ele tinha alguma notícia de frei Cornélio.

— O que frei Everaldo estava fazendo na casa de frei Cornélio na sexta-feira de Carnaval? — indagou Júlia, desconfiada.

— Não sei.

— E por que você demorou tanto para buscar sua bolsa?

— Achei melhor esperar o Carnaval acabar. Estava com medo de encontrar a "bruxa" de novo.

— Você sabe se era homem ou mulher? — perguntou Rachid.

— Não deu pra saber. Ela fazia voz de criança e falou bem pouco.

Ou seja: exatamente como aconteceu com eles. Não havia nenhuma dúvida de que se tratava da mesma pessoa.

— Você alguma vez viu o frei escrevendo em um diário? — Júlia perguntou.

— Não. Mesmo porque ele pouco ficava em casa nos dias que eu ia lá. Por isso, nem estranhei quando na sexta passada eu não o encontrei. Pensei que ele tivesse ido ao convento ou a uma biblioteca que ele andava visitando em Recife.

Aquela última frase fez disparar um alerta na cabeça de dona Olga. Pois, se o frei "andava visitando", era porque não visitava sempre. Qualquer hábito recente na vida dele interessava à investigação.

Ela pediu licença para sair da sala e em seguida voltou com a bolsa de Aline. Entregou-a à moça e perguntou:

— Você sabe qual era a biblioteca que o frei frequentava?

Aline tentou se lembrar, enquanto examinava a bolsa para conferir se estava tudo ali.

— Ele me falou. Disse que ficava num lugar muito bonito, com um jardim grande, um museu e até um castelo. Comentei que tinha vontade de conhecer um lugar assim e ele prometeu que um dia me levaria lá. — Ela fechou a bolsa, aliviada por ver que seus pertences estavam todos ali. — Mas não sei se vou. Depois do que aconteceu, ando pensando em ir embora daqui por uns tempos.

— Compreendo. Foi um susto muito grande, não é?

Ela fez que sim com a cabeça e se levantou.

— Será que eu posso ir agora?

— Claro. Obrigada pelas informações e desculpe qualquer coisa. Eu levo você até a porta.

Rachid perguntou a André e Júlia:

— Existe castelo em Recife?

— Tem tanta coisa antiga aqui... — falou Júlia. — Por que não haveria um castelo?

— É mesmo. A cidade foi fundada em 1537, poucos anos depois do descobrimento do Brasil. Naquela época acho que ainda se construíam castelos — André pronunciou a última frase sem muita convicção.

Rachid espiou o laptop de dona Olga ainda aberto sobre a mesa.

— Já sei como descobrir. Venham aqui.

Enquanto dona Olga e Aline se despediam, os três se posicionaram novamente em volta do computador. No mesmo módulo de buscas que dona Olga usara para pesquisar sobre madame Delphine, Rachid digitou as palavras "biblioteca", "castelo", "jardim" e "Recife". Santa internet! Em dois segundos descobriram o que procuravam: o Instituto Ricardo Brennand, no bairro da Várzea.

Eles acessaram o site do Instituto e ficaram boquiabertos com o lugar. Pelas fotos, parecia ser deslumbrante. Tinha três construções em estilo medieval: uma delas era um castelo e ao seu lado ficava a pinacoteca. Era no prédio da pinacoteca que funcionava a biblioteca.

— Vovó, acabamos de descobrir a localização dessa biblioteca — gritou Júlia, assim que Aline saiu e a avó fechou a porta da rua. — Vem aqui ver.

Dona Olga correu até lá. Ao ver que eles tinham matado a charada, tascou um beijinho na testa de cada um.

— Parabéns, meus amores. Cada vez mais me dou conta de que, sem a ajuda e a esperteza de vocês, essas investigações seriam muito mais difíceis.

No site havia um telefone para informações. Dona Olga ligou na mesma hora. Precisava saber se o Instituto abriria no dia seguinte, já que estavam na semana do Carnaval. A moça que atendeu disse que sim e informou que, para visitar a biblioteca, era preciso agendar um horário. Dona Olga marcou, então, às 14 horas.

De acordo com o site, a biblioteca do Instituto era especializada na história do Brasil holandês. Isso reforçou em dona Olga e na turma a impressão de que ela poderia oferecer algumas das respostas que eles estavam procurando.

12

O ILUSTRE ANTEPASSADO DO FREI

Uma avenida reta e comprida que cortava uma ampla área verde conduzia ao Instituto Ricardo Brennand, na Várzea, próximo à Cidade Universitária. Flanqueada dos dois lados por palmeiras e com a calçada revestida por paralelepípedos, em nada lembrava as movimentadas ruas centrais de Recife. Admirados com a paisagem, Júlia, André e Rachid, por um momento, chegaram a imaginar se não tinham saído da cidade rumo à zona rural. Compenetrada no banco da frente do táxi, dona Olga conferia, aflita, o relógio. Haviam enfrentado um pequeno engarrafamento por causa de uma batida, no cruzamento da rua José Osório com a avenida Caxangá, e agora faltavam apenas cinco minutos para a hora marcada.

Almerinda não quis vir junto, mas fez mil recomendações a dona Olga em relação à segurança de Júlia, André e Rachid. Afinal, estavam tentando solucionar um crime e ela estava preocupada. Dona Olga intimamente sentia que, na opinião de Almerinda, ela era uma avó desnaturada por expor os netos e Rachid a tantos perigos. Mal sabia a amiga como aqueles três eram indispensáveis nas investigações que ela fazia.

Dona Olga pediu ao motorista que os esperasse no estacionamento localizado à direita da entrada do Instituto. Estavam numa zona afastada e ela não queria esperar até que outro táxi chegasse quando terminassem.

**Procure pelo número 6 no mapa
e veja onde fica o Instituto Ricardo Brennand.**

Eles desceram do veículo e sentiram o cheiro de mata, de campo, que se espalhava pelo ar puro daquela parte da cidade. No caminho até o quiosque onde funcionava a bilheteria, notaram dois leões esculpidos em pedra posicionados diante de um enorme portal que lembrava as entradas de castelos medievais.

— Vocês sabiam que essas estátuas faziam parte da fachada principal do Palácio Monroe, a antiga sede do Senado lá no Rio? — comentou dona Olga. — O palácio foi demolido em 1976 sem nenhum motivo, mas pelo menos os leões se salvaram e encontraram uma nova morada.

Na entrada, os quatro foram informados de que não precisariam pagar ingresso, já que estavam indo para a biblioteca. Eles atravessaram um bambuzal que formava um arco natural e entraram num lindo jardim decorado com réplicas de esculturas como *A dama e o cavalo*, do colombiano Fernando Botero, e *Davi*, de Michelangelo, que fora posta no lugar antes ocupado por *O pensador*, de Rodin, transferido para uma galeria do Instituto.

Era um lugar diferente e deslumbrante, e dona Olga entendia por que frei Cornélio se tornara um frequentador. À direita, viram o castelo que Aline mencionara: era o castelo São João, uma construção gótica com arquitetura típica da Idade Média, que, segundo as informações encontradas pelos garotos na internet, guardava uma preciosa coleção de armas brancas. O destino deles, no entanto, era o prédio vizinho, o da pinacoteca, também em estilo medieval. O local abrigava verdadeiros tesouros, como uma coleção de pinturas de Frans Post, célebre artista que esteve no Brasil durante o período holandês. Anexa a ele, funcionava a biblioteca.

Entraram no imponente *foyer* da pinacoteca, onde várias obras de arte sacra estavam expostas, e se dirigiram ao balcão da recepção, à direita da porta. A moça que os atendeu informou que a entrada principal da biblioteca era independente e ficava voltada para o jardim. Po-

rém, para que evitassem ter de sair do prédio e contorná-lo para chegar até lá, ela gentilmente os aconselhou a tomar o acesso interno, que era feito por um elevador nos fundos da pinacoteca.

Seguindo as instruções da funcionária, eles avançaram prédio adentro, passando por um comprido corredor lateral aberto para o jardim, onde funcionava uma cafeteria bem simpática. Algumas pessoas estavam sentadas às mesas, conversando ou lendo. Encontraram o elevador no final do corredor e subiram até o primeiro andar.

Entraram na biblioteca por uma porta de aspecto bem antigo. Foram cordialmente recebidos por duas bibliotecárias. Uma delas, que se identificou como a coordenadora, foi ao encontro de dona Olga.

— Olá, boa tarde. Sejam bem-vindos! — Ela estendeu a mão. — A senhora é Olga Álvares Cabral?

— Sim, eu mesma — dona Olga cumprimentou as duas e lhes apresentou Júlia, André e Rachid.

A biblioteca era ampla e bem iluminada, em boa parte pela luz natural que entrava pela porta principal e por uma janela envidraçada. As estantes, poltronas e mesas de leitura eram bem distribuídas e havia uma estátua de Gutenberg, o inventor da imprensa moderna, bem no centro do salão. André apreciou o ambiente, deslumbrado. Adorava livros e bibliotecas.

— Podemos ajudá-los em alguma coisa? — perguntou a outra bibliotecária. — Já conhecem o nosso acervo? Têm alguma pesquisa para fazer?

— Na verdade, temos sim — respondeu dona Olga, sem saber direito como começar. — Viemos passar uma temporada em Pernambuco e estamos hospedados na casa de uma amiga que, por acaso, é vizinha de um frequentador da biblioteca.

A coordenadora levantou uma sobrancelha, interessada.

— Não diga. Quem é?

— Frei Cornélio de Moor.

As duas bibliotecárias sorriram:

— Mas por que não disseram logo? — disse a coordenadora. — O frei é uma pessoa maravilhosa. Gostamos muito dele. Vocês trazem algum recado? Bem que sentimos a falta dele aqui esta semana.

Dona Olga pensou que não seria nada fácil explicar aquela situação...

— O frei está desaparecido desde quinta passada — disse Júlia. — Estamos procurando por ele.

A segunda bibliotecária levou as mãos ao rosto.

— Desaparecido? Como assim?

— O frei foi sequestrado — explicou André. — E parece que isso tem a ver com um diário que ele estaria escrevendo.

— Minha nossa! — reagiu a coordenadora, perplexa.

— O frei chegou a conversar com vocês a respeito desse diário? — indagou dona Olga.

A bibliotecária meneou a cabeça.

— Não... Nunca. O frei já tinha estado aqui outras vezes antes, mas começou a vir regularmente de uns meses para cá.

— Depois que ele voltou da Holanda? — perguntou Rachid.

— Exatamente. — O rosto da coordenadora se iluminou. — Ele comentou conosco que foi à Holanda por causa da morte do pai.

Dona Olga, Júlia, André e Rachid se olharam, intrigados. Cada vez ficava mais evidente que o desaparecimento do frei estava relacionado àquela viagem. Mas o que seria?

— Vocês sabem se aconteceu alguma coisa importante nessa viagem? — Júlia perguntou.

As bibliotecárias balançaram a cabeça negativamente.

— Não tínhamos intimidade a ponto de ele nos fazer confidências — informou a coordenadora. — Nosso contato era apenas cordial e caloroso. O frei chegava aqui no começo da tarde, conversávamos um pouco e, então, ele ia fazer as pesquisas dele.

— Que tipo de livros ele consultava?

A bibliotecária sorriu.

— Isso é interessante — ela disse, enquanto se dirigiam a um dos terminais de consulta da biblioteca, próximo à estátua de Gutenberg. — Era um único livro. Um dos mais raros, aliás, do nosso acervo.

Dona Olga gelou de expectativa ao observar o que estava sendo digitado no campo de busca, esperançosa de que aquela sequência de caracteres revelasse a chave do mistério.

Quando o resultado apareceu na tela, a bibliotecária afastou-se um pouco para eles poderem ver. O problema era que dona Olga, Júlia, André e Rachid estavam tão ansiosos que se inclinaram ao mesmo tempo em direção ao monitor sem olhar para os lados e as quatro cabeças trombaram.

André soltou um grito, mas Rachid correu para lhe tapar a boca com as mãos.

— Ficou maluco? Não está vendo que estamos numa biblioteca?

André massageou a testa, com uma expressão contrariada.

— Acho que vai nascer um galo aqui.

— Então faça o favor de dizer ao seu galo para cantar lá fora. Aqui tem que fazer silêncio!

Enquanto isso, dona Olga e Júlia já estavam examinando o monitor. O título que aparecia ali era *Historia Naturalis Brasiliae,* de Willem Piso e Georg Marggraf.

— Que livro é esse? — Júlia perguntou.

A coordenadora explicou:

— É um mapeamento da fauna, da flora e dos povos que viviam aqui no Nordeste no século XVII. Uma obra importantíssima na história científica do Brasil.

— UAU! — André exclamou, mas cobriu a boca na mesma hora, ao perceber que tinha gritado novamente. — Desculpem — ele pigarreou, constrangido, e repetiu a exclamação, desta vez, bem baixinho. — Uau...

Dona Olga lembrou-se, então, de que o livro que ela vira aberto sobre a escrivaninha de frei Cornélio também fora escrito por Willem Piso. Ela tinha tirado uma foto da capa com o celular e apanhou o aparelho para conferir o título: *De Indiae Utriusque Re Naturali Et Medica — Libri Quatuordecim*. O frei, então, estava pesquisando a obra de Piso. Dona Olga anotou mentalmente essa observação.

VOCÊ SABIA?

Historia Naturalis Brasiliae (*História natural do Brasil*, em português) é o primeiro tratado científico sobre a biodiversidade e a etnografia do Brasil. Foi escrito em latim pelos naturalistas Willem Piso e Georg Marggraf durante a presença holandesa no Nordeste brasileiro, e publicado na Holanda em 1648. Dez anos mais tarde, Piso publicou um segundo volume, que atualizava e revisava a obra original, intitulado *De Indiae Utriusque Re Naturali Et Medica – Libri Quatuordecim*. Em ambos os livros, o nome de Willem Piso foi gravado de acordo com sua versão latina: "Guilielmi Pisonis".

— Não sei se vocês sabem — disse a coordenadora —, mas frei Cornélio é descendente de um cientista holandês chamado Hendrick Jansz van Egmont, que veio ao Brasil em 1637, na mesma época que Maurício de Nassau.

A surpresa foi geral.

— Não conhecíamos essa parte da história — declarou dona Olga. — Foi o frei que contou isso a vocês?

— Sim — confirmou a bibliotecária. — Parece até que essa foi uma das razões que o estimularam a se mudar da Holanda para cá.

Alguma coisa lá no fundo da mente de dona Olga lhe dizia que as primeiras peças do enigma começavam a se encaixar.

— Será que nós podemos dar uma olhada no livro? — ela perguntou.

— Vou trazê-lo. Aguardem só um momento.

A bibliotecária retirou-se para uma sala ao lado e retornou segurando luvas de silicone, que todos deveriam calçar. Esse era um dos procedimentos para manusear um livro antigo. A coordenadora foi a primeira a colocá-las, antes de usar uma chave para abrir o conjunto de estantes que guardava as obras raras. Era a única seção da biblioteca que ficava trancada. Só então dona Olga, Júlia, André e Rachid viram que as estantes eram móveis, acomodadas sobre trilhos, e que eram movidas de acordo com a necessidade de uso. Dessa maneira, a biblioteca otimizava ainda mais o seu espaço.

VOCÊ SABIA?

A *Historia Naturalis Brasiliae* foi escrita e publicada antes da adoção da nomenclatura binomial, popularizada pelo botânico e médico sueco Carl von Linné (ou Carlos Lineu, na versão aportuguesada), no século XVIII. Com ela, as espécies passaram a ser cientificamente reconhecidas pela combinação de duas palavras em latim: a primeira indicando a que gênero ela pertence e a segunda, a espécie. Antes desse sistema de classificação binário, hoje universalmente adotado, os métodos para nomear as espécies eram confusos e descritivos. Lineu também instituiu um sistema racional de classificação de organismos vivos, começando pelos reinos (animal e vegetal) e chegando até as espécies.

A coordenadora apanhou um pesado exemplar de encadernação antiga e levou-o até a mesa de leitura localizada junto à janela. A esta altura todos já estavam de luvas. Quando dona Olga começou a folhear as páginas em que textos em latim dividiam o espaço com ilustrações, lembrou-se imediatamente dos volumes da *Flora Brasiliensis* espalhados pela casa do frei. Ela chegou a pensar que o frei gostasse de botânica, mas pelo visto era mais do que isso. Ele estava fazendo uma pesquisa. E havia uma grande possibilidade de ela estar relacionada ao seu ilustre antepassado — e, quem sabe, a alguma descoberta científica importante feita por ele no século XVII.

Seria possível?

— Esperamos que nada de ruim tenha acontecido ao frei — disse a segunda bibliotecária. — É uma boa pessoa.

— Tem razão. Vamos torcer para que ele esteja bem. — Dona Olga estendeu a mão para cumprimentar aquelas duas mulheres que os receberam tão bem. — Nós as avisaremos assim que tivermos notícias dele. Muito obrigada pela sua atenção. Adoramos a visita.

— Voltem sempre — disse a coordenadora da biblioteca, conduzindo-os até a porta.

Eles voltaram ao térreo descendo pela escada em curva situada ao lado do elevador. Um coral de cigarras cantava nos jardins do Instituto quando eles se sentaram na cafeteria para conversar um pouco, antes de irem embora. Dona Olga pediu um café e Júlia, André e Rachid, sucos de frutas e quiches de presunto e queijo.

— Esse caso continua complicado — comentou dona Olga —, mas, pelo menos, conseguimos a primeira pista concreta: o desaparecimento do frei pode ter relação com a pesquisa que ele estava fazendo sobre botânica.

— Naquele livro antigo? — Rachid torceu o nariz, sem levar muita fé. — Mas a ciência avançou tanto daquele tempo pra cá... Estudos muito mais completos devem ter sido publicados depois.

— Realmente. A não ser que...

Dona Olga tomou calmamente dois goles do seu café, deixando o seu trio de assistentes roxos de expectativa.

— A não ser que o quê? — perguntou André, estimulando a avó a completar seu raciocínio.

— A não ser que houvesse nos estudos antigos conhecimentos que, de algum modo, não foram passados aos cientistas que vieram depois. Conhecimentos que ficaram perdidos no passado.

— E que o frei estaria tentando resgatar? — especulou Júlia.

— Exato.

— Isso explicaria o desespero da "bruxa" em encontrar o diário — concordou Rachid. — O frei deve ter anotado as suas descobertas nele.

— É verdade. — Dona Olga cruzou as mãos sobre a mesa. Sua cabeça, agora, estava a um milhão por hora. — E existe um detalhe nessa história que talvez vocês não tenham percebido ainda. Muitos medicamentos são criados a partir de plantas coletadas na natureza. Uma descoberta científica ligada à flora vale ouro para a indústria farmacêutica, que pode faturar bilhões com a fabricação de remédios capazes de combater doenças.

Os três entenderam imediatamente aonde ela estava querendo chegar.

Se aquilo fosse verdade, um fabricante de remédios seria o maior interessado em pôr as mãos nas informações levantadas pelo frei a partir do diário.

E isso aumentava ainda mais as suspeitas sobre certa pessoa.

Madame Delphine, que é amiga de Walter Blom.

SERÁ QUE VOCÊ SABE?

Quem é essa pessoa? E por que as suspeitas sobre ela aumentaram?

Você é melhor em raciocínio ou telepatia? Se deu certo, ponto para você!

13

UMA NOTÍCIA INESPERADA

O Palácio do Campo das Princesas, sede do governo de Pernambuco, era uma belíssima e imponente construção neoclássica erguida de frente para a praça da República, no centro de Recife. O conjunto arquitetônico ali incluía outros prédios importantes, como o Palácio da Justiça, o teatro Santa Isabel e o Liceu de Artes e Ofícios do estado.

Procure pelo número 7 no mapa e veja onde fica o Palácio do Campo das Princesas.

O táxi que conduzia dona Olga, Júlia, André e Rachid até o lugar em que se daria a homenagem a Vilma Catarina contornou a ampla praça arborizada e lindamente iluminada, situada ao norte da ilha de Antônio Vaz, onde o rio Beberibe se encontrava com o Capibaribe para, como reza a lenda, formar o oceano Atlântico, logo à frente. Automóveis em fila desembarcavam passageiros ilustres, e o táxi levou cinco minutos para alcançar a entrada do palácio. Muita gente estava chegando. O jantar prometia.

Dona Olga, Júlia, André e Rachid identificaram-se na porta e entraram. Uma funcionária orientava os convidados a subir a escadaria de mármore que se abria do saguão do térreo e era decorada, ao fundo, com dois vistosos vitrais: o primeiro, retratando a Revolução Pernambucana de 1817, e o segundo, mais acima, a proclamação da República, em 1889.

O governador, naquele momento, recebia os convidados no Salão das Bandeiras, no primeiro andar, para um breve coquetel. Era nesse espaço, já bem cheio, que se realizavam grandes cerimônias oficiais do estado. Homens de terno e gravata e mulheres produzidas, trajando vestidos de grife, conversavam ruidosamente.

Rachid vasculhou o salão com os olhos até identificar Constância e Marcantônio, que pareciam pouco à vontade. Principalmente Constância, cuja cara emburrada deixava bem claro que se sentia muuuito entediada. Nem parecia que ela se casaria dali a três dias com um rapaz rico, bonito e que parecia gostar dela de verdade.

— Olha lá — cochichou Rachid, interrompendo os pensamentos de Júlia. — Não são o engomadinho e a alienígena?

André nem prestou atenção. Sua preocupação era outra.

— Será que vão servir sarapatel no jantar?

— Ai, André — Júlia fez uma careta. — Você só fala nesse sarapatel. Não dá pra pensar em outra coisa não?

— Claro que dá. Bem que podiam servir uma cartola na sobremesa.

Rachid fez cara de espanto:

— Você está com tanta fome assim que aceita até comer um chapéu?

— Não, Rachid! — protestou André. — Cartola é um doce de banana com queijo, típico aqui do Nordeste.

Júlia revirou os olhos, enquanto Rachid procurava por madame Delphine, sem localizá-la, porém. Vai ver ela não tinha chegado ainda ou estava em outra dependência do palácio.

— Será que a madame não foi convidada?

André limitou-se a sacudir os ombros. Júlia não ouviu a pergunta. Tinha se afastado até o espelho de um dos antigos tremós que decoravam o salão para conferir o visual. E gostou do que viu. Usava o vestido lilás longuete trespassado, comprado no dia anterior, e prendera parcialmente os cabelos num meio coque. Seu sonho, no entanto, era usar um par de sapatos altos com biqueiras de metal, iguais aos de madame Delphine. Como não era apropriado para sua idade, contentou-se com uma sandália bege.

Dona Olga avistou Vilma Catarina Cavalcanti Rodrigues D'Ávila, que conversava alegremente com dois casais. Mais uma vez, ela achou esquisito encontrá-la tão relaxada, enquanto seu grande amigo, o frei Cornélio, permanecia desaparecido. Ele podia até estar morto e Vilma ria como se tudo estivesse em paz.

— Vamos lá falar com ela.

Júlia, André e Rachid seguiram dona Olga, esgueirando-se por entre a massa de convidados. Vilma abriu o maior sorriso ao vê-los.

— Que bom que vocês vieram! Pensei que não levariam o meu convite a sério.

— Parabéns pela homenagem — disse dona Olga, sorrindo de volta.

— Alguma notícia de Cornélio?

Dona Olga fez que não com a cabeça.

— Estivemos hoje no Instituto Ricardo Brennand, que frei andava frequentando. Uma funcionária da biblioteca de lá nos contou que ele é descendente de um cientista holandês da época de Nassau...

SERÁ QUE VOCÊ SABE?

Observe a imagem da página anterior. Você reconhece alguém? De onde?

Acertou? Marque um ponto!

— Sim. Chamava-se Hendrick Jansz van Egmont — ela mais uma vez caprichou na pronúncia holandesa. — Tenho até uma carta dele comigo. Cornélio encontrou no baú da família numa das viagens que fez à Holanda e me trouxe de presente. Se vocês quiserem, podem passar lá em casa que eu mostro.

— Seria ótimo — respondeu dona Olga. — A carta está em holandês?

— Sim. É uma língua linda. Por falar nisso — ela voltou-se para um dos casais com quem conversava —, deixe-me apresentá-los. Estes são Walter Blom, presidente do laboratório holandês PolyVeel aqui em Recife, e a mulher dele, Anneke.

Só então dona Olga, Júlia, André e Rachid reconheceram o homem rechonchudo que viram na foto do site. Ele foi simpático e parecia ser uma boa pessoa.

— Vocês se conhecem há muito tempo? — dona Olga perguntou, tentando saber se Vilma mantinha com ele a mesma relação de amizade que madame Delphine.

— Infelizmente ainda não — respondeu Blom num português correto, mas com forte sotaque. — A empresa se instalou aqui em Recife no fim do ano passado.

— Mas já está em plena atividade — ressaltou Vilma. — Fazendo pesquisas, inclusive. Para desenvolver novos medicamentos.

— Tudo dentro da lei — Blom apressou-se em explicar. — E respeitando as patentes locais e a soberania do Brasil sobre sua flora.

Walter Blom acabara de confessar que estava pesquisando a flora brasileira para fabricar remédios. Talvez tenha sido esse o motivo que levou o laboratório a instalar uma unidade no Brasil, pensou dona Olga.

— Que coincidência, não? — ela disse, fingindo espanto. — Porque o antepassado do frei, o tal Van Egmont, também era holandês e também veio ao Brasil para fazer pesquisas científicas.

— É mesmo — Vilma respondeu evasivamente e esticou o pescoço para ver um dos funcionários do cerimonial do palácio gesticulando. O jantar iria começar.

— Depois continuamos a conversa — ela disse, afastando-se com Blom e a mulher. Constância e Marcantônio já não estavam no salão e não havia sinal de madame Delphine. — Está na hora do jantar.

Dona Olga, Júlia, André e Rachid subiram um novo lance de escadas, desta vez até o segundo andar, onde ficava o Salão de Banquetes. Era um espaço amplo, finamente decorado por consoles e cristaleiras antigos e de cujo teto pendiam belos lustres de cristal.

VOCÊ SABIA?

Situado numa das extremidades da ilha de Antônio Vaz, o Palácio do Campo das Princesas começou a ser construído em 1841 e, em 1859, hospedou a família imperial brasileira durante uma viagem a Pernambuco. As filhas do imperador dom Pedro II — as princesas Isabel e Leopoldina — costumavam brincar no seu jardim, que, por isso, passou a se chamar “Campo das Princesas”. Antes, naquela parte da ilha, ficava o Palácio de Friburgo, residência do conde Maurício de Nassau, construído em 1642 e demolido na segunda metade do século XVIII.

Várias mesas redondas haviam sido distribuídas para acomodar os convidados, e uma principal, retangular, fora posicionada nos fundos do salão em frente a uma tapeçaria de Isabel do Recife com motivos florais. Nesta mesa, sentaram-se Vilma, o governador e sua mulher e o presidente da vinícola Quinta dos Cariris.

Dona Olga, Júlia, André e Rachid ficaram exatamente atrás da mesa onde estavam Constância, Marcantônio e mais dois casais, um deles formado por Walter Blom e Anneke. Havia uma sétima cadeira, vazia. A única em todo o banquete. Dona Olga seria capaz de apostar que era de madame Delphine, que não aparecera.

O governador e Vilma fizeram um brinde — com o vinho Adega do Norte, naturalmente. Em seguida, o governador discursou, enaltecendo a excelência dos vinhos da região de Petrolina e da vinícola Quinta dos Cariris em especial, e destacando o seu papel no desenvolvimento de Pernambuco e na promoção do estado pelo mundo. Vilma discursou em seguida, agradecendo a homenagem e o reconhecimento, e falou um pouco da sua trajetória. Ambos os discursos foram breves — cerca de dez minutos cada um, mas, na mesa, Rachid, Júlia e André, se retorciam de fome.

Assim que soaram os últimos aplausos, o jantar foi servido, André decepcionou-se ao constatar que, mais uma vez, não haveria sarapatel. Quando já estavam terminando a refeição, viram um rapaz de terno se aproximar discretamente de Vilma e lhe falar ao ouvido. O semblante dela, até então alegre, fechou-se na mesma hora.

— Parece que ele trouxe más notícias — comentou Rachid.

Vilma estava nervosa e disse alguma coisa ao governador, que imediatamente fez um gesto afirmativo com a cabeça, demonstrando compreensão. Vilma levantou-se da mesa e, assim que saiu por uma das portas laterais do salão, dona Olga, Júlia, André e Rachid a interceptaram no corredor.

— O que aconteceu, dona Vilma? — foi Júlia quem perguntou.

— Minha casa acaba de ser assaltada.

14

DE VOLTA AO POÇO DA PANELA

Um carro da polícia já estava em frente à casa de Vilma, na Estrada Real do Poço, quando ela chegou de carro, acompanhada de Constância e Marcantônio. Logo atrás, um segundo veículo trazia dona Olga, Júlia, André e Rachid.

Fora João, o mordomo, quem avisara sobre o assalto. Ele havia telefonado para o celular de Vilma, que estava com o secretário do presidente da vinícola. Ela não queria deixar o aparelho desligado, pois poderia receber alguma ligação importante, mas ao mesmo tempo não seria educado atendê-lo durante o jantar.

Assim que desceu do carro, Vilma correu para falar com João. Dona Olga, Júlia, André e Rachid se aproximaram dos dois para participar da conversa.

— O que aconteceu?

— Não sei direito, dona Vilma. Ouvi um barulho esquisito dentro da casa. Como eu sabia que todo mundo tinha saído, entrei para ver o que era. Eu tinha acabado de subir até o segundo andar quando uma pessoa fantasiada de bruxa saiu correndo do seu quarto e desceu em disparada pela escada.

Dona Olga, Júlia, André e Rachid se entreolharam, todos pensando a mesma coisa. A "bruxa" atacara novamente.

— Corri atrás dela, mas não consegui alcançar. Ela pulou o muro e fugiu correndo pelo bairro. Foi aí que eu liguei para a senhora.

Vilma levou as mãos ao rosto:

— Deus santíssimo! Você viu se ela estava levando alguma coisa?

— Não vi, não, senhora. As mãos dela estavam livres.

Neste momento, Constância e Marcantônio se aproximaram.

— Fomos assaltadas, Constância! — Vilma gritou para a filha. — Uma pessoa usando uma fantasia de bruxa...

— Já sei! — ela respondeu impaciente. — Ouvi os policiais comentando.

Vilma fulminou a filha com o olhar.

— Isso são modos de falar comigo?

— Tem dó, né, mãinha? Já passei horas naquela cerimônia chata no palácio e agora ainda tenho que me preocupar com um assalto? O João já disse que ela não levou nada, não disse? Para que se preocupar?

— Minha filha, se um bandido entrou aqui hoje, pode entrar outro dia. Você já parou para pensar nessa possibilidade? E se estivéssemos em casa?

— Não teria entrado ladrão nenhum. Porque ele escolheu justamente a noite que não tinha ninguém em casa para agir.

"Aquilo fazia sentido", concluiu dona Olga mentalmente.

— O importante é que está tudo bem, dona Vilma — disse Marcantônio, apaziguador. — Ninguém se feriu ou se machucou. O resto é detalhe.

Constância resmungou, revoltada, olhando para a mãe:

— A senhora, agora, vai ter que levantar o muro em volta do terreno. Está muito baixo para o tipo de vida que levamos.

Vilma soltou um suspiro, antes de declarar:

— Nem pensar! Esse é o muro original da casa, está aí há mais de um século e não vai ser alguém fantasiado que vai fazer que eu cometa a insanidade de desfigurá-lo.

— Mas mãinha... — Constância tentou argumentar.

— O muro fica como está e não se fala mais nisso! — completou Vilma, taxativa, dirigindo-se, então, a todos. — Vamos entrar? Quero ver o que o assaltante fez no meu quarto.

Caminharam todos para o interior da casa. Atravessaram um vestíbulo e um salão muito bonito e subiram a escada.

Foi Júlia quem viu primeiro.

SERÁ QUE VOCÊ SABE?

O que Júlia viu logo leva a um suspeito. Quem é?

E aí? Prestou atenção, acertou!

O sapato pode incriminar madame Delphine.

— Esse sapato...

Todos pararam para ver. Um sapato alto, com biqueira de metal, estava jogado num dos degraus, como se tivesse caído sem querer do pé de alguém.

— É de madame Delphine — disse Constância. — Esse modelo de sapato é fabricado pela grife dela.

— Você tem algum par? — indagou Júlia.

— Eu??!! — Constância fez cara de espanto. — Você acha mesmo que eu ia usar um sapato medonho como esse? Biqueira de metal é coisa de sapateador.

— Quando o metal é na sola, Constância — rebateu Marcantônio. — Em cima, como nesse caso, é só um detalhe que compõe o modelo.

Júlia se surpreendeu com aquela intervenção. Até que o "engomadinho", como Rachid se referia a Marcantônio, não era assim tão insensível e ignorante em matéria de moda. Ponto para ele.

— Isso está parecendo a história da Cinderela — comentou Rachid. — Com a diferença de que quem perdeu o sapatinho na escada antes das doze badaladas da meia-noite não foi uma princesa, e sim uma bruxa.

— Será que a carruagem virou abóbora? — observou André. — Adoro abóbora.

Vilma apanhou o sapato e o examinou atentamente. O salto estava quebrado.

— Esse sapato não estava aqui quando saímos. Mesmo porque madame Delphine não iria embora com um pé descalço.

— A não ser que ela estivesse com muita pressa — cogitou Marcantônio. — Ela pode ter tropeçado, danificado o salto e resolveu deixá-lo para trás.

— Aliás... — Constância disse, de repente. — Por que ela não foi ao jantar esta noite?

Vilma fez uma careta sarcástica para a filha:

— Não me diga que você já se esqueceu do escândalo que fez hoje por causa daquele rasgo na renda do seu vestido de noiva? Você praticamente condenou a coitada a refazer a renda inteira, quando uma pequena intervenção local bastaria para deixar tudo em ordem.

O rosto de Constância crispou-se numa combinação indigesta de ódio e mágoa. Júlia, André e Rachid chegaram a pensar que a "alienígena" iria desabar no maior choro.

— Mãinha, aquele rasgo ficou hor-rí-vel! — retrucou ela. — Todo mundo iria rir de mim na igreja.

— Um rasguinho de nada — rebateu Vilma, que parecia ter perdido completamente a paciência. — Mesmo se ele continuasse lá, ninguém notaria. Pare com essa mania irritante de achar que você é o centro do universo! — Ela levantou as mãos para o alto e lamentou: — O que eu fiz, meu Deus, para ter uma filha tão... tão FRESCA?

Rachid precisou se conter para não explodir numa gargalhada. Dona Olga percebeu e lhe dirigiu uma expressão tão feroz que ele ficou sério na hora.

Emburrada, Constância desceu a escadaria a passos velozes, seguida pelo noivo, que só teve tempo de pedir licença rapidamente, antes de correr para domar a "fera".

— O sapato, então, é de madame Delphine? — dona Olga perguntou, examinando-o sem tocá-lo. — A senhora tem certeza, dona Vilma?

— Absoluta. Nem eu nem Constância usamos esse modelo. — Vilma apontou para a etiqueta costurada na palmilha do sapato que mostrava em caracteres estilizados o nome "Delphine Lebreton". — Veja: este sapato é um modelo exclusivo do ateliê de madame Delphine, na Bélgica.

— Mas por que ele estaria caído aqui? — André perguntou.

— Não sei — disse Vilma. — E prefiro não acreditar que o invasor da minha casa seja madame Delphine. Não combina com uma pessoa como ela. É uma mulher rica e conhecida. Não precisa sair por aí invadindo a casa de seus clientes. E fantasiada, ainda por cima.

Eles concluíram a subida da escada e atravessaram um corredor elegante até o último quarto, que era justamente a suíte de Vilma. Mal abriram a porta, constataram o estrago.

Os armários haviam sido abertos e revirados. Roupas e objetos estavam jogados pelo chão, sobre a cama e a poltrona. As gavetas da cômoda tinham sido retiradas e vasculhadas sem cerimônia.

Vilma ficou desanimada ao ver o trabalho que teria para arrumar tudo aquilo. À primeira vista, nada de valor havia sido roubado. Ela conferiu suas caixas de joias e assustou-se ao constatar que o revólver que guardava como relíquia de família desaparecera. Ela sentou-se na beira da cama, apavorada.

— Esse bandido esteve lá na casa onde estamos hospedados — disse Júlia. — E também na casa do frei. Fantasiado de bruxa, como aconteceu hoje aqui.

— Ele veio em busca do tal diário do frei — completou André. — A senhora guardou o diário aqui?

Vilma fez que não.

— Nem sei que diário é esse. Se o invasor estava mesmo em busca dele, perdeu tempo. Mas levou um revólver. Isso é grave. Vou ter que dar queixa na polícia. Sabe-se lá o que essa pessoa pode fazer com uma arma por aí.

Mas outra coisa também havia sido roubada. Rachid notou um quadro vazio sobre a cômoda. A moldura e o *passe-partout* estavam intactos, porém a cobertura de vidro tinha sido quebrada, e o que estava atrás dela fora levado.

Ele comentou com Vilma, que então fez uma revelação importante.

— Nesse quadro estava uma cópia daquela carta de que falei para vocês no palácio — disse ela. — A carta de Hendrick Jansz van Egmont, o antepassado de Cornélio. Ela estava no baú da família dele, lá na Holanda, e Cornélio me deu de presente.

— Será que o bandido veio aqui só por causa dessa carta? — especulou André. — Mas, se ela estava no quadro, por que ele revirou tudo?

— Não foi por causa da carta — sentenciou dona Olga. — Ele teve outros motivos. O diário, talvez. Ou mesmo o revólver.

— Ainda mais porque a carta que estava no quadro era uma cópia. Eu tenho a original bem guardada.

Dona Olga levantou uma sobrancelha, interessada.

— É mesmo? E a senhora se incomodaria em mostrá-la para nós?

— Claro que não.

Vilma se levantou, apanhou um envelope num cofre que ficava no fundo de um dos armários e o abriu na frente de todos.

— Vejam só. — Vilma colocou os óculos de leitura. — É uma carta datada de setembro de 1643. Nela, Van Egmont se refere a um "paraíso à beira de um grande rio" a pouco mais de "120 milhas de Maurisstad". Maurisstad era como se chamava Recife durante a ocupação holandesa. Era a "Cidade Maurícia", uma referência a Maurício de Nassau.

VOCÊ SABIA?

O conde João Maurício de Nassau (Johan Maurits van Nassau-Siegen, em holandês) foi governador dos domínios holandeses no Brasil entre 1637 e 1644. Administrador eficiente e entusiasta da ciência e das artes, Nassau trouxe para a sua corte em Recife cientistas como Willem Piso e Georg Marggraf e pintores como Frans Post e Albert Eckhout. Durante a sua permanência no país, Recife e Olinda passaram por um amplo processo de urbanização e desenvolvimento e viveram um período de notável tolerância religiosa, com a convivência pacífica de católicos, protestantes e judeus.

Dona Olga, Júlia, André e Rachid prestavam a máxima atenção no relato de Vilma.

— Mas o mais interessante vem agora — prosseguiu Vilma. — No século XVII, a Holanda adotava uma unidade de medida de comprimento conhecida como "milha holandesa", equivalente a mais ou menos cinco quilômetros. Ou seja, "pouco mais de 120 milhas holandesas" seria algo como "pouco mais de 600 quilômetros". Isso, somado à descrição do local, à beira de um grande rio, que só podia ser o São Francisco, indica que Van Egmont se referia ao atual município de Santa Maria da Boa Vista, onde estão a minha fazenda e a vinícola. Santa Maria fica a cerca de 600 quilômetros de Recife.

— Quer dizer que Van Egmont esteve nas suas terras quase quatrocentos anos atrás? — admirou-se Júlia.

— Não dá para afirmar com toda a segurança, mas é quase certo que sim.

Ouviram batidas na porta. Era João.

— Dona Vilma, a polícia quer dar uma olhada na casa e falar com a senhora.

Vilma pareceu desconfortável com a ideia, mas concordou:

— Peça para subirem. Nem sei por onde começar a arrumar isso tudo.

— Quer ajuda? — Júlia perguntou.

— Não precisa, meu anjo. Acho que vocês já viram demais, não é? Lamento ter causado esse transtorno todo numa noite que prometia ser de festa e confraternização.

— De maneira nenhuma, dona Vilma — dona Olga apressou-se em dizer. — Nós tínhamos de vir. Afinal, estamos investigando o sumiço do frei e o que aconteceu aqui é uma ocorrência a mais.

Vilma mordeu os lábios, apreensiva.

— Será que vocês vão conseguir encontrá-lo? Já faz mais de uma semana que ele sumiu.

Dona Olga não quis criar falsas expectativas.

— Não sei. Esta é a terceira casa que a pessoa vestida de bruxa invade. Parece difícil capturá-la. Ela é rápida, ágil e escorregadia. Como uma serpente.

A culpa de madame Delphine ficava cada vez mais evidente. Talvez, dali a algumas horas, um camburão parasse em frente ao prédio dela na praia de Boa Viagem e a levasse presa pelo sequestro de frei Cornélio de Moor. Mas a verdade é que tudo ainda não passava de suspeita. Não havia nenhuma certeza, nenhuma prova.

Os próximos dias trariam as respostas. Pelo menos, eles esperavam que sim.

15

O HOMEM DE 112 ANOS

A manhã de sábado mal havia se firmado e Júlia, André e Rachid já estavam de pé. Ansiosos com os acontecimentos do dia anterior, os três mal conseguiram dormir durante a noite.

Eles abriram o laptop de dona Olga sobre a mesa de jantar de Almerinda e acessaram um buscador na internet. Depois de umas 15 tentativas, até acertarem a grafia correta daquele complicadíssimo nome holandês, digitaram, enfim: "Hendrick Jansz van Egmont". O buscador mostrou que o nome aparecia em cerca de duzentos sites. Praticamente todos estavam numa língua estranha — holandês, com certeza.

Resolveram clicar aleatoriamente num dos links e, com a ajuda de um tradutor on-line, verteram o texto para o português. E descobriram um dado bastante curioso: Van Egmont nasceu em 1596, veio para o Brasil aos 41 anos e só faleceu em 1708. Ou seja, ele morreu com 112 anos. Isso numa época em que, as crianças sabiam por causa das aulas de História, a medicina era extremamente precária e a maioria das pessoas não chegava a viver nem metade disso.

Visitaram outros sites e todos destacavam esse dado na biografia de Van Egmont. Ele era quase um Matusalém na Europa do século XVII. Nenhum outro membro da missão holandesa no Brasil vivera tanto.

Havia, ainda, depoimentos e artigos de cientistas e médicos na Europa que levantavam a hipótese de Van Egmont ter encontrado, na flora brasileira daquela época, alguma planta ou combinação de plantas com poderes altamente curativos ou capazes de fortalecer muito o sistema imunológico humano. Eles lamentavam, contudo, que o holandês não tivesse documentado nada. Alguns ressaltavam que parte da vegetação do Nordeste brasileiro havia sido destruída pela ação do homem nos últimos séculos e que, por isso, era bastante provável que essas plantas, se existiram de fato, já estivessem extintas.

Fez-se um silêncio pesado na sala. Júlia, André e Rachid ficaram pensativos.

— O que isso pode ter a ver com tudo o que está acontecendo? — André perguntou. — Será que o frei desapareceu por que resolveu seguir os passos do seu antepassado e descobriu alguma planta que aumenta o número de anos que uma pessoa pode viver?

— Se for isso — comentou Júlia —, vai ser a descoberta do século.

— Do século XVII, você quer dizer — interveio Rachid. — Porque não foi o frei que descobriu... foi o antepassado dele.

André bufou.

— Se a gente encontrar a tal planta que fez o Van Egmont viver 112 anos, fique longe dela, tá, Rachid? — disse ele. — As próximas gerações não merecem ter você por perto, atazanando.

— Eu vou é ficar bem perto, isso sim — devolveu Rachid. — Se esse holandês morreu com 112 anos em 1708, eu, com a medicina de hoje, posso viver uns mil. Já imaginaram? Eu e o meu *kefié* no ano 3000?

— Vai ser o mais antigo pano de prato da história — disparou Júlia.

Rachid fuzilou-a com o olhar. Aquela piadinha sempre o tirava do sério.

— Você se acha a maior especialista em moda — desafiou ele. — Mas não entende nada de nada. Isto aqui na minha cabeça, que você chama de "pano de prato", tem nome e faz parte da história da moda internacional. Só não sei por que eu ainda perco meu tempo tentando explicar. Afinal de contas, de onde menos se espera é que não sai nada mesmo, né?

Foi a vez de Júlia se enfurecer.

— Escuta aqui, seu prego...

— Já discutindo a esta hora da manhã?

Eles se calaram no mesmo instante e se viraram para ver dona Olga entrando na sala com um robe sobre o pijama e pantufas. Os cabelos estavam presos com grampos e protegidos por uma redinha.

— O que vocês estão vendo aí no laptop? — ela perguntou.

Os três contaram o que descobriram. Dona Olga, que ainda estava meio sonolenta, ficou alerta na hora.

— Isso muda tudo! — ela disse, animada. — A "bruxa" certamente está atrás dessas informações. O frei deve ter descoberto alguma coisa a respeito de alguma planta miraculosa.

— Mas os sites dizem que Van Egmont não deixou nada escrito sobre essa descoberta — argumentou André.

— E a gente não tem certeza se ele viveu 112 anos por causa disso — acrescentou Júlia. — Ele não pode, simplesmente, ter se cuidado?

— Naquela época as pessoas não tinham essa mentalidade, meu bem. A maioria das doenças tinha causas desconhecidas e ninguém sabia o que eram vírus ou bactérias. Além disso, não há prova alguma de que Van Egmont não deixou escritos. Temos que pensar na possibilidade de esses papéis nunca terem sido localizados.

— E que diferença isso faz? — indagou André.

— Faz *toda* a diferença. O frei Cornélio descobriu alguma coisa que interessa muito a alguém. E essa informação só pode estar no diário.

Rachid perguntou:

— Então por que a "bruxa" não pergunta ao frei o que ele anotou no diário em vez de ficar correndo atrás dele?

— Porque não é o diário do frei que ela está procurando. Eu cheguei a essa conclusão ontem à noite, ao ver a carta que dona Vilma nos mostrou. O que vocês descobriram na internet só confirma isso.

Júlia, André e Rachid arregalaram os olhos de interrogação para dona Olga, antes de ela completar:

— Só pode ser o diário de Van Egmont.

Horas mais tarde, dona Olga aproveitou a relativa calmaria na casa para se comunicar com o "Leão". Almerinda estava na cozinha começando a preparar o almoço, embora André e Rachid tivessem decidido comer fora. André queria porque queria experimentar o tal sarapatel da Pensão da Moura, e Rachid foi junto com o amigo, apesar de não comer carne de porco. Júlia ficou em casa arrumando sua mala. Ela detestava fazer malas e queria guardar tudo antes para não bater aquele desespero de última hora.

Dona Olga trancou-se no quarto e ligou o laptop sobre a cama. Depois de teclar a comprida sequência de letras e números, surgiu na tela a conhecida silhueta de uma cabeça masculina sobre um fundo azulado.

— Diga logo a senha! — ordenou o "Leão", com impaciência. — Não tenho o dia todo!

"Quanta pressa", admirou-se dona Olga. E isso porque era sábado de uma semana de Carnaval. A senha era a mesma da última conversa: "Evocação do Recife", de Manuel Bandeira. Depois de alguns instantes, o "Leão" falou, mais calmo:

— Bom dia, dona Olga! Mas que inominável prazer em receber o seu contato em pleno sábado pós-folia.

— O prazer é meu, "Leão".

— "Leão do Norte" — declarou ele.

Dona Olga ficou momentaneamente perturbada:

— Como é?

— Enquanto a senhora e os seus assistentes estiverem aí, quero ser chamado de "Leão do Norte". Ou a senhora não sabe que o "Leão do Norte" é um dos símbolos de Pernambuco, desde que Duarte Coelho colocou a figura de um leão no seu brasão de armas?

Duarte Coelho fora o fundador de Olinda e o primeiro governante da capitania hereditária de Pernambuco, no século XVI. O leão, que a princípio era um reconhecimento ao papel desse português na conquista da capitania, acabou se tornando uma representação da bravura de todo o povo pernambucano.

— Já solucionou aquele problema do frei? — perguntou o "Leão".

— Não, "Leão". — Logo em seguida, dona Olga se corrigiu. — Quer dizer: "Leão do Norte".

— Mas ele não vai celebrar um casamento depois de amanhã?

Aquele bate-boca era inútil e dona Olga preferiu ir direto ao ponto. Contou rapidamente ao "Leão" tudo o que acontecera desde que se falaram pela última vez. O "Leão" ficou em silêncio até um pouco depois de ela terminar seu relato.

— E a senhora acha, então, que a costureira belga é essa "bruxa"? Só porque encontraram um pé do sapato dela na escada da casa?

— De jeito nenhum. Na verdade eu tenho certeza de que madame Delphine é totalmente inocente.

— Interessante. Por que está tão certa disso?

— Porque não faz sentido ela ter todo o trabalho de se fantasiar de bruxa e esquecer justamente de trocar sapatos que só ela usa. E só uma idiota invadiria uma casa de sapato alto. Está na cara que foi uma armação. Alguém colocou o sapato de propósito na escada para incriminá-la.

— A casa estava vazia por causa do jantar no palácio do governo. Uma oportunidade de ouro, sem dúvida.

— E ela não estava no jantar porque precisou consertar um rasgo no vestido da noiva. Espero que ela tenha como provar o seu álibi. Foi tudo muito bem planejado.

O "Leão" fez um silêncio de consentimento e mudou o rumo da conversa:

— Com relação ao que a senhora falou sobre Van Egmont, eu já tinha me adiantado e investigado a morte do pai de frei Cornélio na Holanda. Chamava-se Elbert de Moor e estava com 84 anos. Tinha três filhos. Cornélio abriu mão da herança em prol de instituições de caridade brasileiras. O dinheiro foi mandado diretamente da Holanda. Os únicos objetos que o frei retirou da casa do pai foram alguns livros.

— Como soube de tudo isso?

— Ora, dona Olga. Não menospreze a minha eficiência. Eu consigo TODAS as informações que quero. Não foi difícil contatar alguém no escritório de advocacia encarregado do inventário de Elbert de Moor e ter acesso a documentos assinados pelo próprio frei Cornélio.

— E que livros eram esses?

— Livros muito antigos. Verdadeiros tesouros familiares que vêm passando de geração para geração há séculos. Os irmãos do frei não se interessaram. E ele, então, os trouxe para o Brasil.

Isso reforçava ainda mais a tese de que o diário que estava sendo caçado era mesmo o de Van Egmont. Com certeza, ele estava entre os livros herdados.

— "Leão do Norte", algo me diz que estamos a um passo de esclarecer esse mistério.

André e Rachid caminhavam apressados pelas ladeiras sinuosas do Carmo e do Varadouro, margeadas pelo casario colorido de Olinda. Quer dizer: André caminhava apressado, e Rachid, sem opção, se via forçado a acompanhá-lo.

A Pensão da Moura ficava na rua do Amparo, no Varadouro. Era uma das ruas mais bonitas e badaladas do sítio histórico, salpicada de bares, restaurantes, pousadas, galerias de arte e lojas de artesanato instalados em charmosos sobrados coloniais. Assim que viu os dizeres "Pensão da Moura" talhados numa placa de madeira pendurada na entrada de uma antiga casa pintada de azul com janelas brancas, André ficou tão eufórico que Rachid quase achou que o amigo sairia desgovernado pela rua, pulando e abraçando todo mundo.

VOCÊ SABIA?

Fundada em 1537 pelo português Duarte Coelho, Olinda é uma das mais antigas cidades brasileiras. Foi capital de Pernambuco durante trezentos anos, até 1837, quando a sede do governo foi transferida para a vizinha Recife. Em 1982, Olinda foi declarada Patrimônio Histórico e Cultural da Humanidade pela Unesco — Organização das Nações Unidas para a Educação, a Ciência e a Cultura.

— Isso é a realização de um sonho, Rachid — ele exclamou, quase tropeçando nas palavras. — Comer o melhor sarapatel de Pernambuco.

— De Olinda — Rachid corrigiu. — Dona Almerinda disse que essa pensão serve o melhor sarapatel de Olinda, não de Pernambuco.

André deu de ombros.

— O que importa é que é um bom sarapatel. Vamos entrar?

— Vamos, mas eu vou pedir um peixe. O que eu queria mesmo era comer um *shorbat rumman* e *basbousa* de sobremesa.

— O que é isso?

— São pratos do Iraque. O *shorbat rumman* é uma sopa à base de cordeiro e romã. Meu pai sabe preparar. *Basbousa* é um bolo de semolina, muito comum no mundo árabe.

Rachid viera à Pensão da Moura mais por amizade. Tinha medo de que André se entupisse de comida e tivesse um treco, sem ninguém por perto para socorrê-lo. Por via das dúvidas, tomou nota do telefone do serviço de atendimento móvel de urgência e guardou-o discretamente no bolso.

Eles entraram pela recepção. Um corredor à frente conduzia aos quartos da pensão, enquanto uma arcada à esquerda se abria para o restaurante, que era bem simples. Várias mesas estavam ocupadas e um cheirinho gostoso vinha da cozinha.

Os dois amigos tinham acabado de se sentar quando viram entrar na pensão uma pessoa cujo rosto reconheceram na hora. Carregando uma sacola de lona, ela apanhou uma chave no balcão da recepção e, em seguida, dirigiu-se para os fundos do sobrado.

André e Rachid trocaram um olhar aturdido:

— Você viu o que eu vi? — André perguntou.

Rachid balançou a cabeça afirmativamente.

— Vi e achei esquisito.

Os dois voltaram à recepção e se informaram. Inventaram uma história de que eram sobrinhos da prima da tia de um amigo da pessoa em questão e a recepcionista deu toda a ficha. O quarto na pensão estava alugado havia quase oito meses em nome de uma mulher misteriosa chamada "Odila".

— Isso não está cheirando nada bem — declarou Rachid, com uma careta.

Dona Olga despediu-se do "Leão" e fechou o laptop. Almerinda tinha deixado uma panela de feijão cozinhando no fogão e estava no quarto vizinho, onde Júlia arrumava lentamente sua mala, dobrando as roupas com todo o cuidado possível. — Não se preocupe em deixar tudo ajeitadinho, Júlia — dona Olga ouviu Almerinda aconselhar carinhosamente. — Com certeza, sua avó vai jogar a maior parte dessas peças na máquina de lavar assim que vocês chegarem ao Rio.

— Não quero amassar as roupas por outro motivo, dona Almerinda — respondeu a garota. — É que eu ainda tenho esperanças de ficar mais alguns dias aqui. Eu queria tanto ir ao casamento de Constância e Marcantônio.

— Da alienígena e do engomadinho, como diz o Rachid? — brincou dona Olga, entrando no quarto.

— Mas eu adoro casamentos. E vai ser na segunda. O convite está tão lindo. — Júlia apontou para o envelope com letras douradas sobre a cama. — A festa deve ser mais ainda.

— A menina tem razão, Olga — interveio Almerinda. — O que custa ficar só mais um dia aqui?

— Custa um dia de aula. Na verdade, dois, porque o casamento vai ser na segunda à noite e só conseguiríamos voltar para o Rio na terça.

— E se a gente não conseguir resolver o caso do frei e do diário até amanhã? — Júlia estava quase fazendo bico.

— Nós vamos resolver.

Dona Olga também lamentava não poder assistir ao casamento. Ela sentou-se na cama e examinou o convite dado por Vilma. Júlia devia tê-lo aberto milhares de vezes, pois as dobras já estavam ligeiramente gastas. Vilma, aliás, fora muito gentil ao convidá-los, numa mesma semana, para dois eventos importantes.

Dona Olga abriu o convite e correu os olhos pelos nomes gravados ali. De repente, sua atenção concentrou-se num detalhe em que não havia reparado pela simples razão de que era a primeira vez que lia o convite.

Intrigada, ela voltou ao seu quarto e apanhou todas as anotações que fizera, ainda no Rio, sobre a viagem a Pernambuco. Quando encontrou o que procurava, gelou por dentro.

— Meu Deus, mas... o que significa isso?!

Neste momento, seu celular tocou sobre a mesinha de cabeceira.

16

DE OLHO NA PENSÃO

— Vovó? — André sussurrou ao celular, quando dona Olga atendeu. — Estamos aqui na pensão. Você não vai acreditar no que acabamos de descobrir.

Dona Olga apenas respondeu:

— Se for o que eu estou pensando, vou sim. Também acabei de ver algo que me deixou perplexa.

Dona Olga contou brevemente ao neto o que havia acabado de se passar. André percebeu que não estava mais com fome e, o mais incrível, que tinha se esquecido completamente do sarapatel. Rachid sacudiu o pulso dele, chamando sua atenção:

— Fala pra dona Olga que a "bruxa" está morando há oito meses aqui na pensão. E que, ainda por cima, alugou o quarto com o nome de "Odila". Vê se pode uma coisa dessas...!

André nem precisou falar nada, pois dona Olga já tinha ouvido Rachid.

— Façam o seguinte — ela disse. — Montem guarda aí, mas discretamente. Vocês não podem ser notados. Estou indo encontrá-los agora mesmo. Ao menor sinal de movimento, me liguem. Precisamos descobrir que outros locais a nossa "bruxa" frequenta. Pode ser que ela nos leve ainda hoje até o frei.

— Combinado — disse André. — Tchau, vó!

Assim que ele desligou, Rachid perguntou:

— E aí?

— Ela falou pra ficarmos de olho. Vovó também percebeu uma coisa errada lendo o convite do casamento do engomadinho com a alienígena e umas notas que ela tomou para a nossa viagem. Parece que tudo isso está ligado.

Eles saíram da pensão e misturaram-se às várias pessoas — algumas delas ainda fantasiadas — que circulavam pela rua. André estava imaginando o que o detetive do livro que estava lendo faria naquela situação quando avistou uma lojinha de artesanato. Ela tinha um ângulo privilegiado de visão para a entrada da pensão. André consultou Rachid, que achou a ideia ótima, e os dois rumaram para lá.

Procure pelo número 8 no mapa e veja onde fica a rua do Amparo.

Uma mocinha bem bonitinha veio atendê-los, com a maior gentileza.

— Posso ajudá-los?

André abriu um sorriso amarelo, como se tivesse sido flagrado apanhando goiabas no jardim do vizinho.

— A gente está só olhando. Obrigado.

A moça apenas respondeu com um "fiquem à vontade" simpático e se afastou para atender outros clientes.

André mandou um torpedo pelo celular à avó, dizendo onde estavam, enquanto Rachid comentava:

— Bem, você não mentiu. A gente realmente está só olhando. Você só não disse que é pra fora da loja...

Vinte minutos depois de encerrada a ligação, dona Olga e Júlia chegaram à rua do Amparo. Elas, infelizmente, tiveram que deixar para trás o almoço que Almerinda estava preparando e vencer os protestos dela sobre a segurança dos garotos.

As duas encontraram André e Rachid na loja.

ARTE OLINDA
PENSÃO DA NOCA
EU ♥ OLINDA
ARTESANATO OLINDA

— Alguma novidade?

— Ainda não — respondeu André.

— Ótimo. Tem um táxi ali na esquina à nossa disposição para o caso de precisarmos seguir a "bruxa" de carro por aí. E vamos ter que checar outro endereço ainda hoje. O ideal seria que nos dividíssemos, mas acho que, neste momento, devemos ficar juntos. Até por questões de segurança.

Júlia era a única incrédula dos quatro:

— Gente, vocês não acham que uma coisa não tem nada a ver com a outra? Para mim, a situação na pensão e o que está escrito no convite do casamento são coisas bem esquisitas, mas pode ser que isso não tenha relação nenhuma com o sumiço de frei Cornélio.

— Não teria, se o frei não fosse tão próximo das pessoas envolvidas nesse golpe que estamos testemunhando — disse dona Olga. — Coincidências assim são improváveis numa investigação como a nossa, Júlia.

— Mas, vovó — insistiu Júlia —, sempre existe a possibilidade de que uma pessoa suspeita seja inocente.

— Sim, existe. Só que, se você pensar bem, vai ver que, no caso específico dessa pessoa, ela usa o mesmo método tanto para praticar seus crimes como na vida diária. Em ambos, há um disfarce. Nos crimes, fantasiando-se de bruxa. E, no cotidiano, apresentando-se como alguém que não é.

Um táxi desceu a rua e parou em frente à pensão. Dona Olga, Júlia, André e Rachid viram a "bruxa", agora trajando uma roupa bem alinhada, entrar no veículo. Eles correram até o carro que estava parado a poucos metros da loja e, mal entraram nele, dona Olga ordenou ao motorista:

— Não perca aquele carro de vista!

17

QUEM SERÁ A "BRUXA"?

Os quatro seguiam o táxi com a "bruxa" a uma distância calculada: nem tão próximos a ponto de chamar a atenção, nem tão afastados a ponto de correr o risco de perdê-lo de vista. O táxi entrou na avenida Agamenon Magalhães, deixando para trás as ladeiras históricas de Olinda, rumo a Recife. Atravessou parte da capital, cruzando pontes e ruas, e prosseguiu pela avenida Domingos Ferreira, paralela ao litoral. Dobrou finalmente numa rua à esquerda e parou em frente a um magnífico hotel cinco estrelas, na esquina com a avenida Boa Viagem, onde ficava o apartamento de madame Delphine.

Procure a linha tracejada no mapa e veja o trajeto que dona Olga e a turma fizeram do Varadouro, em Olinda, até Boa Viagem, em Recife.

Dona Olga pediu ao motorista que encostasse na calçada oposta, ao lado de uma banca de jornais, na esquina com a rua dos Navegantes. Ela esperou a "bruxa" cruzar a porta do hotel para fazer um sinal para os garotos.

— Nossa vez. Vamos lá.

Os quatro desceram do táxi e se puseram a caminhar devagar, conversando amenidades e sorrindo, a fim de não atrair olhares suspeitos das pessoas à volta. Entraram no hotel por um lobby amplo e luxuoso, de piso e colunas de granito, onde funcionavam uma joalheria e um bar. A "bruxa" não estava à vista. Certamente tomara um dos elevadores. Como ela morava na Pensão da Moura, era improvável que estivesse hospedada ali. Logo, só poderia ter subido a algum bar ou restaurante situado num piso superior.

Júlia abordou um dos recepcionistas no balcão e ele deu a informação:

— Tem o bar da piscina e um dos restaurantes, que fica anexo. Estão no nível "P".

Eles entraram no elevador e seguiram as instruções do funcionário. Ao chegarem ao "P", desceram num hall que conduzia a um terraço, de onde se tinha uma belíssima vista do mar. A "bruxa" estava sentada a uma mesa perto da piscina com ninguém menos do que Walter Blom, do laboratório PolyVeel.

— Se ainda havia alguma dúvida a respeito da identidade do sequestrador do frei Cornélio, acho que ela acaba de ser derrubada — disse dona Olga.

Os quatro se dirigiram até uma mesa parcialmente oculta por uma pilastra e por um grupo de hóspedes estrangeiros em trajes de banho, sentados a meia distância entre eles e Blom.

— Rachid, não é por nada não, mas você não acha melhor tirar esse *kefiê*? — sugeriu André. — Pelo menos enquanto a gente estiver aqui no hotel.

— Por quê? — Rachid se fez de desentendido.

— Porque ele pode fazer com a gente seja reconhecido.

— Mas estamos no Carnaval... Tem gente na rua usando peruca azul e pulando com guarda-chuvas coloridos... Você acha mesmo que o meu discreto e elegante *kefiê* vai chamar a atenção? Ainda mais num hotel de luxo cheio de estrangeiros?

— É uma precaução desnecessária, André — falou dona Olga. — Se eles virem qualquer um de nós, seremos reconhecidos na hora. O melhor a fazer é o que estamos fazendo: ficar longe, porém atentos.

A conversa entre a "bruxa" e Blom parecia tensa. A "bruxa" entregou um papel a Blom, que o leu atentamente e reagiu com fúria. A "bruxa" até se assustou. Blom apontou o dedo para ela e pareceu lhe dizer poucas e boas, antes de atirar algumas cédulas na mesa e ir embora pisando duro. A "bruxa" ainda permaneceu sentada alguns instantes, talvez digerindo a bronca que acabara de levar, e também saiu dali.

Assim que ela entrou no elevador, dona Olga fez uma chamada, pelo celular, para o taxista que estava à sua espera na rua.

— O que será que eles conversaram? — Júlia perguntou.

— Sei lá, mas o tal Walter Blom ficou uma fera — disse Rachid. — Acho que ele estava esperando pelo diário do frei, que não foi encontrado.

— Então, Walter Blom é o cabeça? — surpreendeu-se André.

— Parece que sim — disse Júlia. — Ele deve ter descoberto a existência do diário com as anotações de Van Egmont sobre a tal planta e mandou alguém roubá-lo para fabricar um remédio que vai custar uma fortuna. Faz sentido.

— Não dá pra acreditar. Blom é um cara tão simpático...

— As aparências às vezes enganam, André... — observou dona Olga, que tinha encerrado a ligação.

Eles desceram ao lobby e alcançaram a saída no momento em que a "bruxa" pegava um táxi. O motorista contratado por dona Olga apareceu em seguida, subiu a rampa da entrada do hotel e eles embarcaram no veículo. Dobraram à esquerda na avenida Boa Viagem e tomaram o caminho de volta para Olinda.

— É para seguir aquele táxi, senhora? — o motorista perguntou a dona Olga, sentada ao lado dele.

— Não é necessário. — Ela mostrou um pedaço de papel a ele, assim que pararam num sinal vermelho. — Você sabe onde fica essa rua?

O taxista balançou a cabeça:

— Sei, sim, senhora.

— Então, leve-nos até lá, por favor.

18

UM GRITO NA ESCURIDÃO

O endereço mencionado por dona Olga era a rua Bispo Coutinho, no Alto da Sé, o ponto mais elevado do sítio histórico de Olinda e onde teve início a povoação da cidade, no século XVI. O lugar proporcionava uma vista fantástica de Olinda, do oceano Atlântico e, mais ao fundo, dos arranha-céus de Recife, com destaque para as torres gêmeas de mais de quarenta andares do Cais do Estelita.

Procure pelo número 9 no mapa e veja onde fica o Alto da Sé.

Quando estavam chegando ao destino, Júlia, André e Rachid olharam pela janela direita do táxi e levaram o maior susto ao constatar que estavam passando bem em frente ao convento de São Francisco, onde tinham estado na Quarta-Feira de Cinzas. Ficaram pensando na cara que o frei Everaldo faria caso os visse pelas redondezas novamente.

No final da rua, o táxi dobrou à esquerda e deixou-os a poucos metros do convento, em frente a um solar do século XVII ou XVIII. Tinha dois andares, fachada clara, voltada para a rua, e ficava bem próximo à ladeira que conduzia à igreja de Nossa Senhora das Graças.

— Isso é quase uma casa paroquial, de tão perto que fica do convento de São Francisco — comentou Júlia.

— Pois é. Essa proximidade franciscana talvez tenha deixado o frei mais à vontade — respondeu dona Olga.

Júlia, André e Rachid encararam dona Olga com espanto.

— A senhora não está querendo dizer que... — começou Rachid.

— Que frei Cornélio está aqui? Bem, certeza absoluta eu não tenho. Mas é bastante provável. Por isso estamos aqui.

Júlia analisou o solar. Todas as janelas e portas estavam fechadas. O terreno, bastante arborizado, era protegido por um muro de menos de dois metros de altura da mesma cor da fachada e um portão de ferro.

— Como é que a gente vai entrar? — perguntou a menina, meio desanimada.

— Temos três opções — provocou dona Olga. — Arrombar uma porta, arrombar uma janela ou pular o muro. Eu prefiro o muro, pois é mais rápido. Querem fazer uma votação?

André empalideceu.

— E se alguém vir a gente tentando entrar? E se chamarem a polícia?

— Se chamarem a polícia — Rachid respondeu —, ela se junta à gente na busca pelo frei.

— Ah, é? — reagiu André, descontando em Rachid todo o medo que sentia de ser preso tentando entrar no solar. — Isso é invasão de domicílio. Dá cadeia, sabia? Para não correr esse risco, por que nós mesmos não chamamos a polícia agora, antes de entrar?

— Porque não temos certeza de que o frei está aí — dona Olga respondeu. — Vamos entrar e ver. Se ele estiver, nós chamamos. Não se deve ocupar a polícia desnecessariamente. Eu vou primeiro. Quem me dá pezinho?

Várias pessoas circulavam pela rua naquele momento. Era um local repleto de pontos de interesse turístico e com algum comércio. André, Júlia e Rachid não estavam gostando de se expor daquela maneira.

Dona Olga percebeu a hesitação e insistiu:

— Quanto mais depressa formos, menos gente nos verá. Querem fazer o favor de me dar pezinho?

Não havia jeito. Quando dona Olga tomava uma decisão, nem o "Leão" conseguia fazê-la mudar de ideia. Havia, no entanto, um problema prático: dona Olga era uma adulta, com peso de adulta — mais do que um jovem normal de 11 ou 12 anos conseguiria suportar. A solução foi os três oferecerem as seis mãos juntas para lhe dar apoio. Com dificuldade, eles a levantaram e ela alcançou o topo do muro. Espiou primeiro para verificar se havia algum cão de guarda e, ao ver que o terreno estava livre, passou para o outro lado.

Em seguida foi a vez de André, que subiu ainda se recuperando do esforço feito para ajudar a avó. Júlia foi a terceira. Rachid ficou por último. Ele retirou contrariadíssimo o *kefié*, deixando à mostra os cabelos curtos muito escuros, e o atirou por cima do muro. De dentro do terreno, André e Júlia deram pezinho para dona Olga subir novamente. Ela enrolou o *kefié* formando uma cordinha improvisada e o estendeu para Rachid, que o segurou e assim conseguiu ganhar impulso para escalar o muro. De tão exausto que ficou por ter de levantar a avó duas vezes em menos de dez minutos, André quase desmaiou quando tudo finalmente terminou.

Assim que se juntou aos outros três, Rachid tratou de recolocar depressa o *kefié* na cabeça, sem o qual se sentia praticamente nu.

Os quatro começaram a explorar o terreno. O jardim arborizado que circundava o solar estava malcuidado. Folhas e galhos secos espalhavam-se pelo chão e tufos de mato cresciam em meio à grama irregular, que aparentava ter vivido dias de esplendor no passado. Não havia flores, mas muitos frutos apodrecidos jaziam em alguns pontos, exalando um odor putrefato, atraindo enxames de moscas e outros insetos.

Passaram em frente a um galpão moderno, erguido nos fundos do terreno. Pneus e ferramentas, como uma chave de roda em cruz, estavam pendurados em seu interior, sugerindo que ali funcionava uma garagem. Mas não havia nenhum carro naquele momento.

Eles contornaram o casarão devagar, examinando cada canto. Portas e janelas pareciam em bom estado, com exceção das situadas do lado esquerdo, bastante deterioradas pela ação do tempo e do clima. Talvez aquela parte da casa fosse iluminada quando o sol estivesse a pino.

Uma das janelas parecia particularmente debilitada. Sua pintura estava mais descascada do que a das demais; as bordas inferiores estavam carcomidas pela umidade. Dona Olga deu-lhe duas batidinhas a fim de testar a resistência e sentenciou:

— É essa. Vamos abri-la.

Rachid falou, de repente:

— Tive uma ideia. Esperem um minuto.

Ele correu em direção à garagem e logo voltou, trazendo a chave de roda que vira pendurada lá. Dona Olga usou-a para golpear a base da janela e a madeira se desfez rapidamente numa pequena cascata de lascas e pó, abrindo um vão largo o bastante para permitir a passagem de um filhote de gato. Júlia, André e Rachid, então, encaixaram as mãos nele e puxaram, abrindo toda a janela sem dificuldade.

Espiaram o interior do casarão. A janela dava para um cômodo vazio, de piso de pastilhas que formavam mosaicos geométricos, ao estilo romano. Com certeza era uma das salas da área social do solar, que, em tempos antigos, devia ter servido de palco para recepções, saraus e festas da aristocracia de Olinda.

Eles atravessaram a janela, tomando o cuidado de fechá-la depois de entrar. Testaram os interruptores e descobriram que a casa estava sem luz. Os olhos aos poucos se ajustaram à semiescuridão, atenuada por alguns filetes de luz que entravam por frestas e bandeiras sobre uma ou outra janela. Os quatro percorreram todo o térreo, constatando a ausência de mobília em todas as dependências.

Subiram, então, por uma bonita escada de corrimão e degraus de madeira, que rangiam sob seus pés, até o primeiro andar. O cenário ali parecia se repetir. Os primeiros cômodos percorridos estavam vazios. Dona Olga, Júlia, André e Rachid começavam a achar que não encontrariam nada naquele solar quando André abriu casualmente uma porta e soltou um grito tão alto que até as árvores lá fora deviam ter estremecido.

— A "bruxa"! — ele começou a recuar. — Ela está aqui! Socorro! Fujam, FUJAM!

19

FRENTE A FRENTE COM O PERIGO

Todos foram tomados pelo pânico. André continuou recuando até trombar de costas com uma parede. A cara esverdeada da "bruxa" estava bem à sua frente, fitando-o com olhos negros, vazios e ameaçadores.

Apavorados, Rachid e Júlia puxaram dona Olga, que permanecia imóvel.

— Vamos embora, vovó — gritou Júlia.

Nisso, ouviram a voz de André se perguntando, ressabiado:

— Mas por que a "bruxa" não se mexe?

Júlia e Rachid pararam na mesma hora e miraram André, que continuava encostado à parede, como se alguém estivesse apontando uma arma para sua cabeça.

Dona Olga caminhou até a porta aberta e olhou para dentro. A "bruxa" realmente estava ali — com direito a roupa e chapéu pretos e a máscara medonha —, mas era só a fantasia, pendurada num cabide.

Ao ver que fora um alarme falso, Rachid ficou tão nervoso que, pela primeira vez na vida, teve vontade de chacoalhar André. Embora, naturalmente, não tenha chegado a fazê-lo.

— Você quer matar a gente de susto, seu... maluco comedor de sarapatel? — protestou ele, agitando muito as mãos. — Como é que você faz uma coisa dessas?

— É que eu pensei que fosse ela...

Eles examinaram a fantasia, que estava guardada não em um cômodo, mas dentro de um armário fundo sem prateleiras ou gavetas. A máscara era de látex. Horrorosa, mas muito bem-feita. Eles retiraram tudo do cabide. Era preciso dar um sumiço naquela roupa que só causara mal a pessoas inocentes. Rachid incumbiu-se de carregá-la.

Enquanto isso, dona Olga já estava prosseguindo com a busca, seguida de Júlia. Agora que tinham encontrado a fantasia, estavam quase certos de que o solar também servia de cativeiro para frei Cornélio.

Foi então que ouviram sons. Num primeiro momento, algumas batidas leves. No instante seguinte, porém, elas se intensificaram. Os quatro pararam para escutar melhor. Pareciam passos no assoalho. Passos fortes e constantes.

— Será que alguém está vindo apanhar a gente? — Agora era Júlia a mais assustada.

— É — concordou André. — Vai ver que tinha alguém cochilando na hora que a gente chegou e acordou com o meu grito.

No final do corredor, havia uma porta fechada. A única, por sinal. Andaram na direção dela. No caminho, contemplaram os cômodos vazios que se abriam lado a lado. Era uma casa bonita, com pé-direito alto e construída com materiais nobres. No entanto, estava menos conservada do que nas fotos do site que dona Olga havia consultado, ainda no Rio. Aquela era uma das casas que ela vira para alugar durante a estada em Pernambuco. Ela chegou a ligar para o número de telefone que aparecia no site, mas foi informada de que o anúncio era antigo.

Era estranho que aparecesse, agora, como o endereço da família do noivo num convite de casamento. Um noivo que se dizia rico, mas que, nos verões passados, alugara a casa por temporada e que há oito meses vivia numa pensão ordinária com sua mãe, Odila.

Abriram a porta e deram de cara com um homem de cabelos louros entremeados por muitos fios brancos. Estava amarrado e amordaçado num canto. Ele batia insistentemente os pés no chão e os encarava com um olhar suplicante e desesperado.

— Frei Cornélio?! — gritou dona Olga.

Ele fez que sim com a cabeça, enquanto emitia grunhidos indecifráveis por causa da mordaça. Júlia, André e Rachid correram para desamarrá-lo.

Foi quando dona Olga sentiu algo gelado tocando a sua nuca.

— Pelo visto, cheguei a tempo!

Todos olharam para Marcantônio, que mantinha as mãos firmes em um revólver.

Estavam, enfim, frente a frente com a "bruxa".

20

TESOURO DE PAPEL

— Então, era você? — exclamou frei Cornélio, atônito, enquanto se levantava com dificuldade, após ter passado tantos dias amarrado.

Marcantônio agarrou um dos braços de dona Olga. Ele usava luvas de couro para não deixar digitais.

— Desculpe, frei. Eu não queria decepcionar o senhor. — Ele indicou o embrulho negro nos braços de Rachid. — Mas esses pirralhos roubaram a minha fantasia. Tive que entrar aqui sem ela.

— Por que você fez isso, meu filho? — Não havia ódio na voz do frei. Apenas cansaço, perplexidade e, sobretudo, piedade. — Você não vê que arruinou a sua vida? Vilma jamais irá consentir que a filha dela se case com você depois disso.

Marcantônio pressionou um pouco mais o braço de dona Olga.

— Isso se alguém aqui sobreviver para contar. Como isso não vai acontecer, vou ter mesmo que me casar com aquela garota medonha. Eu odeio Constância, frei. ODEIO! Não consigo ficar um minuto perto dela. Ela é infantil, histérica, fresca, mimada, desengonçada e chata.

André e Rachid se viram forçados a concordar com ele. A "alienígena" era mesmo tudo aquilo que Marcantônio tão bem descrevera.

— Então por que você aceitou se casar com ela? — perguntou frei Cornélio, visivelmente compungido. — O matrimônio é um sacramento sério. Não pode ser banalizado dessa forma. Um marido deve amar e respeitar sua esposa.

— Por causa do dinheiro dela. Minha situação financeira é péssima. Minha mãe está vivendo num quarto fétido de uma pensão horrorosa. Até esta casa, que pertence à nossa família há quase trezentos anos, corre o risco ser vendida para pagar parte das minhas dívidas.

Júlia, André e Rachid olhavam em pânico para dona Olga, que, apesar de ter sido feita refém, parecia calma como uma freira.

E foi ela que falou:

— Deixe-me adivinhar o resto: você soube das descobertas científicas que o antepassado de frei Cornélio anotou num diário no século XVII e resolveu se apropriar delas para vendê-las a peso de ouro para a PolyVeel. Acertei?

— Para a PolyVeel ou para qualquer outra empresa que se interessasse — completou Marcantônio.

— Como você soube do diário? — indagou Júlia.

— Foi num dia em que eu e Constância fomos à casa do frei para uma reunião de aconselhamento. Chegamos antes da hora. Quem abriu a porta para nós foi a empregada dele. O frei estava na biblioteca da casa conversando com outro frade.

— Frei Everaldo — disse Cornélio.

— Esse mesmo — Marcantônio voltou os olhos para o frei. — Como a sua casa é pequena, deu para escutar trechos da conversa. E ouvi perfeitamente quando o senhor disse que havia no diário do seu antepassado uma descoberta científica revolucionária. Isso foi há duas semanas e, desde então, tudo o que eu quero é pôr as mãos nesse maldito diário.

— Mas eu disse para você onde ele está — retrucou Cornélio. — Não entendo como você não o encontrou.

— Não estava lá.

— Impossível.

— Eu procurei! — insistiu Marcantônio, aos berros. — Revirei a sua biblioteca inteira e não achei nada!

— Essa parte de ter revirado tudo é verdade — concordou Rachid. — Esse engomadinho de uma figa fez a maior bagunça na sua casa, frei. Jogou todos os livros no chão, abriu tudo quanto foi porta... Parecia que tinha havido um terremoto lá dentro.

Dona Olga censurou Rachid com o olhar. Isso era hora de contar aquelas coisas para o frei?

— Marcantônio — Cornélio declarou, a voz sempre baixa —, o diário estava lá, no lugar que eu indiquei: nos fundos da prateleira onde ficam os volumes da *Flora Brasiliensis*. Eu não ia mentir para você.

— O senhor mentiu, sim! — protestou Marcantônio, quase chorando de ódio. — A prateleira onde estava a *Flora Brasiliensis* foi a primeira que eu vistoriei. O diário não estava lá nem em nenhum outro lugar.

O frei se manteve controlado.

— Eu não menti para você. E sabe por quê? Porque aquele diário não me interessa. Resolvi checar as informações que Van Egmont registrou ali mais por curiosidade científica. Passei semanas pesquisando em todos os livros novos e antigos que encontrei sobre a flora do Nordeste, e sabe o que descobri? Que os espécimes descritos por Van Egmont na parte do diário em que ele fala da grande cura que teve no Brasil estão extintos.

— Não pode ser! — reagiu Marcantônio.

— Pode acreditar — rebateu frei Cornélio, com veemência. — Depois de descobrir o diário na Holanda e voltar ao Brasil, fiquei duas semanas na vinícola de Vilma em Santa Maria da Boa Vista, estudando o pouco que sobrou da vegetação nativa local. Era naquela região que existiam os tais cogumelos negros com propriedades curativas poderosas que Van Egmont cita como a fonte de sua longa vida. Não há mais sinal desses cogumelos. Assim como não há mais sinal das tribos indígenas que habitavam a região e que conheciam os poderes medicinais das plantas e dos fungos. Segundo o diário, quem tratou de Van Egmont quando ele ficou gravemente doente foi o pajé de uma dessas tribos, que deu uma espécie de chá feito com os cogumelos cujo efeito foi milagroso. Como se faz esse chá? Ninguém sabe. Porque o conhecimento desapareceu junto com os índios. E tem mais uma coisa: não existe nenhuma prova de que foram mesmo os cogumelos ou os chás do pajé que fizeram Van Egmont viver 112 anos. Isso é o que ele fala, mas não dá para ter certeza.

— Não é possível que num estado deste tamanho não tenha sobrevivido um único cogumelo negro para contar história — Marcantônio não queria acreditar naquilo.

O frei deu de ombros, indiferente.

— Lamento muito que você esteja tão obcecado a ponto de não ser capaz de enxergar a realidade.

— Frei, a realidade não me interessa. Se o chá e os cogumelos existem ou não, não é problema meu. Eu só quero encontrar o diário. Ele é um verdadeiro tesouro de papel e sei que posso vendê-lo a algum laboratório por uma quantia alta. Isso me fará rico. E só tenho até segunda-feira. Assim, não vou precisar fazer o sacrifício de me casar com aquela menina intragável.

— Faça como quiser. Só não acho certo você prejudicar gente inocente nessa busca alucinada. A começar pela pobrezinha da Constância, que eu batizei e é uma boa moça, apesar de meio desorientada.

— Quero que ela vá para o inferno!

O frei se benzeu, ao ouvir a última palavra, e apontou para dona Olga, Júlia, André e Rachid.

— E, por favor, deixe essas pessoas em paz. Elas não lhe fizeram nada.

— Como não fizeram nada? Elas se meteram no meu caminho. Atrapalharam a minha vida.

Júlia, André e Rachid ficavam cada vez mais angustiados, vendo o crescente descontrole de Marcantônio. O engomadinho educado se transformara num louco perigoso e desgrenhado.

— Deixe-os ir, Marcantônio. Não me incomodo de continuar preso aqui. Use a mim como refém. Não essa senhora e esses jovens. Eu perdoo você.

— Eles não me deram opção.

— Nunca é tarde para optar pelo caminho do bem!

Marcantônio, porém, parecia decidido. Ele aumentou a pressão no braço de dona Olga e soltou um riso assustador carregado de desprezo e maldade.

— Agora é tarde. Vocês precisam morrer para a minha busca ao diário continuar.

— O que é que você ganha matando a gente? — Júlia perdeu a paciência. Não queria morrer ali, daquela maneira. — Esta casa é da sua família. Se a polícia entrar aqui, logo vai sacar que foi você.

— Não. Porque eu tenho comigo a arma de dona Vilma, com as digitais dela. Ontem, durante o jantar no Palácio das Princesas, mandei o mordomo, o João, entrar no quarto dela e fazer a maior bagunça. Tudo para desviar a atenção de vocês quatro, que estavam indo longe demais nessa maldita investigação. Aproveitei e pedi que ele trouxesse a cópia da carta de Van Egmont, que estava num quadro, e o revólver guardado com as joias da ricaça.

— O João é seu aliado? — perguntou frei Cornélio, horrorizado.

— Claro. Prometi a ele uma boa comissão da fortuna que vou conseguir com a venda do diário de Van Egmont.

— E puseram o sapato de madame Delphine na escada para todos pensarem que tinha sido ela... — disse Rachid.

— Sim. Eu segui vocês no dia em que foram ao prédio dela. E sabia que madame Delphine não estaria no jantar de ontem. Pois eu consegui entrar no quarto da casa de dona Vilma onde está o vestido de Constância, que por sinal é horrível, e rasgar uma parte da renda. Constância ficou desesperada, como eu tinha previsto, e mandou madame Delphine consertar o rasgo antes do casamento.

— E como você sabia que iríamos ao jantar, já que estava presente quando dona Vilma nos convidou, era uma chance de mostrar sua inocência e incriminar madame Delphine — deduziu dona Olga. — Pois você estava no palácio e ela não. Enquanto isso, o João revirava o quarto da dona Vilma e inventava que a casa tinha sido invadida pela "bruxa".

— Seguindo instruções minhas. Na tarde em que vocês estiveram com dona Vilma na pérgula, madame tinha tropeçado no gramado enquanto corria atrás de Constância e acabou quebrando o salto de um dos sapatos. João se ofereceu para levá-lo para o conserto, mas, por causa dos preparativos para o casamento, não teve tempo. Quando soube disso, tive a ideia de colocá-lo na escada; assim, todos pensariam que ela tinha invadido a casa.

Marcantônio engatilhou o martelo do revólver, indicando que atiraria a qualquer instante.

— Tudo teria dado certo se fossem menos enxeridos. Mas agora é tarde para lamentar — sua voz sibilou, com ódio. — Deem adeus à vovozinha aqui.

21

DOIS TIROS E UMA SURPRESA

Júlia, André, Rachid e frei Cornélio estavam apavorados. Mas dona Olga permanecia assustadoramente serena.

— Você está se esquecendo de uma coisa, Marcantônio — disse ela.

— Do quê?

— De que esses jovens e eu trabalhamos para a Interpol. Tudo o que aconteceu aqui foi registrado por câmeras e microfones mínimos dos quais nunca nos separamos nas investigações. Além, é claro, de dispositivos localizadores. — Com a mão que estava livre, ela puxou uma caneta do bolso e a exibiu. — Isto aqui é uma caneta espiã. E ela está nos filmando agora. Em dois minutos a polícia estará aqui. Você não tem saída, Marcantônio.

Era uma grande mentira. Mas, tenso do jeito que estava, Marcantônio acreditou e, por um breve momento se desconcentrou. Foi o bastante para o que dona Olga pretendia. Ela sentiu o exato instante em que as mãos dele afrouxaram um pouco e lhe tascou uma cotovelada certeira na barriga. O choque do golpe o deixou desnorteado. Ele não imaginava que aquela senhora de cabelos brancos, que devia ter mais do que o dobro da sua idade, fosse capaz de surpreendê-lo daquela maneira.

Ele rapidamente recuperou o equilíbrio, mas não a tempo de evitar um segundo golpe de dona Olga, desta vez, na orelha esquerda.

Tudo isso aconteceu em menos de dez segundos. Júlia, André e Rachid, ao verem que o sequestrador não estava mais em vantagem, investiram contra ele. Marcantônio conseguiu se esquivar num primeiro movimento, mas Júlia chutou uma de suas canelas, enquanto Rachid e André suavam para imobilizar o braço com que Marcantônio carregava a arma. Então, ele deu uma rasteira em Rachid, que caiu sobre Júlia, e os dois desabaram juntos no chão.

A confusão estava instalada. A arma acabou disparando sem querer. Um único tiro atingiu o teto, fazendo despencar um pedaço de reboco e uma nuvem de poeira em cima deles.

— Desista, Marcantônio! — mandou dona Olga. — Isso é uma ordem!

— Você não manda em mim, sua detetive abusada!

— Mando, sim. Eu sou da Interpol e estou lhe dando voz de prisão neste momento.

— E eu vou mandá-la para o inferno!

Nesta altura, Rachid e Júlia já estavam novamente de pé e esgueiraram-se para trás de Marcantônio. Decidido a retribuir a "gentileza" que o ex-engomadinho lhe fizera segundos atrás, Rachid enfiou o pé, sem que ele percebesse, entre as suas pernas. Logo, o tornozelo dele encontrou o tênis de Rachid e Marcantônio caiu de costas. A arma disparou uma segunda vez, estilhaçando o vidro da janela do cômodo. Júlia, André e Rachid trataram, então, de agarrar o pulso do bandido, enquanto dona Olga apanhava o revólver, que voara longe.

Frei Cornélio, enfraquecido, mal se aguentava em pé. Mas, apesar de não lutar, ele rezou bastante e, ao final, falou a Marcantônio:

— Vou rezar para Deus iluminar seu caminho daqui para frente.

— Dentro de uma prisão, de preferência — acrescentou Júlia.

O súbito som de passos no corredor os assustou. Eles olharam para a porta e viram dois homens; um deles carregava uma arma — no caso, uma pistola — e tinha acabado de apontá-la para eles.

— *Goedemiddag!*[6] — saudou o homem que estava mais à frente, desarmado.

Frei Cornélio surpreendeu-se ao ouvir aquele homem dando boa-tarde numa língua estrangeira e perguntou:

— *Wie bent U?*[7]

---

6 Tradução do holandês: "Boa tarde!".

7 Tradução: "Quem é você?".

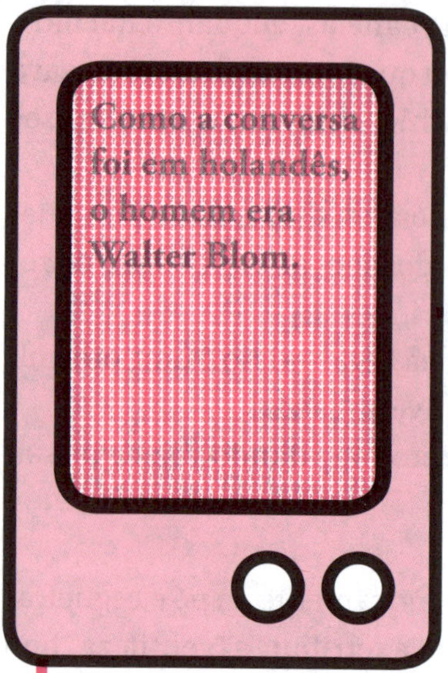

SERÁ QUE VOCÊ SABE?

Quem apareceu e falou com o frei?

Volte as páginas correndo e depois, se acertar, vá até a Ficha de Detetive marcar mais um ponto!

Só faltava essa. No momento em que tinham conseguido dominar Marcantônio e reverter a vantagem dele, seus comparsas apareciam para estragar tudo.

André começou a gritar:

— Socorro! Eles vão nos matar! Socorro!

Mas o homem estava respondendo calmamente à pergunta do frei:

— Vim em paz. — Ele deu alguns passos adiante e o sujeito que o seguia aproximou a arma de Marcantônio.

Dona Olga, Júlia, André e Rachid, então, puderam vê-los com mais nitidez. Um deles vestia uma farda; era um policial. O outro era Blom.

— A polícia está aqui para prender este bandido — completou Blom, apontando para Marcantônio.

Marcantônio reagiu:

— Então somos dois, Walter Blom. Eu ia vender o diário a você.

— Você não me disse que o diário era roubado. E eu não tinha decidido, ainda, se o compraria ou não.

— E que diferença faz para você se o diário é roubado ou não? Isso é problema meu. Para o seu laboratório, interessa o que tem escrito nele.

Um grupo de policiais entrou no cômodo.

— Sou um homem honesto. Não compactuo com atividades criminosas — Blom apontou para Marcantônio. — É esse. Podem levá-lo.

Marcantônio foi algemado e deixou o cômodo gritando, chorando e jurando vingança. Frei Cornélio fez o sinal da cruz e voltou a orar, rogando piedade para ele.

Ainda sob o efeito da adrenalina, dona Olga agradeceu a Blom e perguntou:

— Como o senhor conseguiu entrar aqui?

— A porta da casa estava apenas fechada. Com certeza, quando Marcantônio entrou, ele não se preocupou em trancá-la.

Então Blom contou toda a história. Marcantônio o procurara uma semana antes, dizendo ter em mãos um diário precioso que falava de uma grande descoberta científica feita durante a ocupação holandesa no Nordeste, no século XVII. Uma espécie de elixir da longa vida.

— É claro que, como executivo de um grande laboratório, fiquei curioso em dar uma olhada e até em comprá-lo, se fosse o caso — explicou ele. — Mas não fazia ideia de que Marcantônio tivesse sequestrado o frei para conseguir o diário. Soube disso esta tarde, durante um drinque num hotel em Boa Viagem. Ele tinha combinado de me mostrar o diário hoje, mas não o levou. Em vez disso, me entregou uma carta que o autor do diário escreveu para um parente na Holanda, falando sobre um dos locais em que estivera. A carta não tinha nada de mais, porém Marcantônio achou que funcionaria como um prêmio de consolação. Perguntei onde estava o diário e ele, com medo de perder o negócio, acabou revelando a verdade, inclusive o sequestro do frei e as casas que ele invadiu fantasiado de bruxa.

"Então fora essa a discussão que os dois tiveram na beira da piscina do hotel", concluiu Rachid.

— Não pensei duas vezes e chamei a polícia. Localizei o endereço desta casa no convite de casamento dele e viemos para cá — prosseguiu Blom. — Eu não podia ter o meu nome envolvido com o de um bandido. Se a polícia o capturasse em outras circunstâncias, ele poderia me incriminar como cúmplice. Então tratei eu mesmo de denunciá-lo a fim de que as coisas ficassem bem claras.

Frei Cornélio tinha voltado a se sentar no chão. Ele estava debilitado pelos muitos dias de cativeiro e, também, pelas fortes emoções que estava vivenciando.

— Uma coisa me preocupa — disse o frei, num filete de voz. — Marcantônio não encontrou o diário na minha casa. Será que alguém o tirou de lá? Mas quem?

Seu rosto empalideceu de repente e ele desmaiou.

22

UM CONHECIMENTO PERDIDO PARA SEMPRE

As malas estavam prontas. O voo de volta para o Rio de Janeiro sairia dali a quatro horas. Não havia pressa, no entanto, para chegar ao aeroporto, já que, por ser domingo, o trânsito em Recife estaria mais livre. Dona Olga, Júlia, André e Rachid decidiram, então, aproveitar os últimos momentos em Pernambuco para fazer uma visitinha a frei Cornélio, na casa ao lado.

Almerinda estava lá desde cedo, quando o frei chegara do hospital onde ficara em observação por várias horas depois de ter sido resgatado no solar dos Monteiro de Oliveira. Ele estava apenas fraco e assustado, e só precisaria de alguns dias de repouso para se restabelecer totalmente.

Eles bateram à porta e qual não foi a surpresa quando Vilma Catarina Cavalcanti Rodrigues D'Ávila, em carne, osso, joias e maquiagem, veio recebê-los.

Cumprimentaram-se. Vilma estava abatida. Eles se sentaram para conversar um pouco na sala.

— Como está sua filha? — perguntou dona Olga.

Com a prisão de Marcantônio, obviamente o casamento havia sido cancelado. Um escândalo para a família, embora Vilma considerasse isso um mal menor, se comparado ao futuro nebuloso que Constância teria ao lado de um bandido.

— Mal. Mas ela vai se recuperar. Eu nunca simpatizei com Marcantônio, mas consenti com o casamento. O que uma mãe não faz por uma filha apaixonada?

— Estamos com pena dela — disse Júlia, com genuína sinceridade. Ela sentia um calafrio cada vez que imaginava que aquilo poderia acontecer a ela um dia. Era uma humilhação enorme para uma noiva.

— É verdade — confirmou Rachid. Afinal, a "alienígena" não merecia passar por aquilo. Ela era chata e metida, mas não era má pessoa. — Se a gente puder ajudar em alguma coisa...

— Obrigada. Vocês já fizeram demais desmascarando aquele pilantra. E passando por tantos apuros... Cornélio me contou que Marcantônio quase atirou em vocês.

— De vez em quando essas coisas acontecem com a gente — brincou Rachid, referindo-se às investigações em que, volta e meia, se metiam.

Conversaram um pouco mais. Vilma contou que João — empregado há anos em sua casa no Poço da Panela, desde que ela e Constância se mudaram de Santa Maria para Recife — fora acusado por Marcantônio de ser seu cúmplice. Por causa disso, Vilma se viu obrigada a demiti-lo. Contudo, João ainda não tinha sido preso, pois não havia provas contra ele, além das palavras de Marcantônio.

— Vocês vão embora hoje, não? — Vilma perguntou.

— Nosso voo sai no começo da noite — confirmou dona Olga. — Viemos falar com frei Cornélio e saber como ele está.

— Vamos até o quarto dele.

Caminharam até lá. Frei Cornélio estava recostado na cama, parcialmente coberto com um lençol branco. Almerinda tinha preparado o almoço dele e agora os dois conversavam.

— Boa tarde, frei — disse dona Olga. — Estamos atrapalhando?

— Claro que não — ele abriu um sorriso. — Entrem!

Sua aparência estava incomparavelmente melhor do que quando o encontraram no solar. Ele tinha o rosto mais corado e estava limpo, alimentado e descansado.

— Viemos nos despedir. Estamos voltando para o Rio.

— Mas já? — o frei pareceu decepcionado.

— Adoraríamos poder ficar mais, mas as aulas das crianças começam amanhã — disse dona Olga, apontando para os netos e Rachid.

— Então, a causa é nobre. Estão perdoados — brincou ele.

— Como o senhor está se sentindo? — quis saber Rachid.

— Bem melhor. Marcantônio ia uma vez por dia ao solar me levar comida e água. Estou habituado ao jejum por causa do sacerdócio. Passava os dias rezando e meditando.

— E o diário? — André perguntou. — O senhor encontrou?

Frei Cornélio balançou a cabeça.

— Não. Marcantônio realmente procurou em todos os lugares possíveis. Alguém esteve aqui e levou o diário.

— O senhor tem algum suspeito? — indagou Júlia.

— Pode ter sido qualquer pessoa. No dia do sequestro, as portas da casa não estavam trancadas. Com a rua entupida de foliões, era muito fácil alguém se misturar a eles, entrar aqui e apanhar o diário sem chamar a atenção.

Alguém bateu à porta da rua. Desta vez foi Almerinda quem se levantou para atender.

— Gostaria de ter o diário de volta, pois é um tesouro familiar — declarou o frei, resignado. — Mas não vou perder a cabeça por causa disso.

— Boa tarde, minha gente!

Todos se viraram para a porta. Frei Everaldo acabara de entrar no quarto, seguido de Almerinda. Ele novamente estava sem o hábito ocre dos franciscanos. Mas Almerinda já tinha explicado que os frades do convento de São Francisco, em Olinda, não costumavam usá-lo por causa do clima quente da região.

— Everaldo! — Cornélio emocionou-se ao ver o amigo. — Que bom vê-lo!

— Trouxe uma coisa para você.

Ele entregou a Cornélio um embrulho. Cornélio o desfez e arregalou os olhos, espantado, ao retirar de dentro dele um livro muito antigo, de capa de couro gasta e desbotada e páginas amareladas e manchadas pelo tempo.

O diário de Van Egmont.

— Estava com você? — Ele pareceu confuso. — Mas como...?

— Ora, irmão — explicou frei Everaldo. — Eu conhecia toda a história do diário; afinal, você mesmo me contou tudo depois que voltou da

Holanda. Uma descoberta que parecia importantíssima, lembra-se? Bem, você costumava ir ao convento todas as quintas-feiras e não apareceu na semana passada. Achei estranho. Liguei para cá e ninguém atendeu. Então, resolvi vir aqui na sexta de manhã bem cedo. Eram seis horas da manhã quando cheguei. Encontrei a porta da frente aberta. Não havia ninguém; sua cama estava desarrumada. Percebi que algo ruim tinha acontecido e imaginei que o motivo fosse o diário. Fiz uma busca na sua biblioteca e o encontrei no fundo de uma das prateleiras. Resolvi levá-lo para o convento, por precaução, até você reaparecer. Lá ele estaria em segurança.

— Aline fez faxina aqui na sexta — lembrou-se Júlia. — Foi quando Marcantônio veio procurar o diário.

— Mas Aline costuma chegar por volta das oito — explicou Cornélio. — Por isso Marcantônio não encontrou o diário.

— Por que Marcantônio não o interrogou aqui mesmo, frei? — indagou Rachid.

— Ele interrogou — respondeu Cornélio. — Mas na hora eu não quis revelar onde estava o diário. Por isso ele me sequestrou. Só depois de passar um dia inteiro no cativeiro é que decidi confessar. Percebi que o diário não valia tanto sacrifício. O que mais me afligia era a celebração do casamento de Constância, pois a pobrezinha, que já é muito ansiosa, devia estar em pânico. Eu não sabia, é lógico, que aquele raptor fantasiado de bruxa era Marcantônio porque ele falava comigo fazendo voz de criança.

Júlia, André e Rachid pediram para dar uma olhada no diário. O frei concordou prontamente e ainda o abriu nas páginas em que Hendrick Jansz van Egmont falava dos tais cogumelos negros encontrados às margens do rio São Francisco.

A caligrafia era caprichada e elegante, como era comum em textos antigos. Eles correram os olhos pelas páginas em holandês sem entender nada, a não ser a data assinalada no topo delas: 15 de janeiro de 1684 — cerca de quarenta anos depois da partida de Van Egmont de Pernambuco. Reconheceram, também, um nome que era muito citado: Willem Piso, o autor dos dois primeiros livros sobre a biodiversidade brasileira.

— Nesta parte — explicou Cornélio —, Van Egmont conta que Willem Piso declarou ter encontrado somente nove espécies de cogumelos aqui no Nordeste. Van Egmont desconfiou que esse número era bem maior e decidiu aprofundar a pesquisa. Quando ele adoeceu, vitimado por alguma moléstia tropical, o pajé o tratou à base de cogumelos negros e de uma infusão, também feita com cogumelos e outras plantas. Mais até do que sua pronta recuperação, o que mais impressionou meu antepassado foi a idade do pajé. Van Egmont nunca tinha visto ninguém tão velho em toda a sua vida. Provavelmente, ele deveria ter mais de 100 anos.

— E é lógico que Van Egmont quis saber como ele tinha chegado àquela idade, né? — deduziu André.

— Exatamente — confirmou frei Cornélio. — Depois que ficou bom, Van Egmont ainda passou um tempo entre os índios; descobriu onde nasciam os cogumelos e pôde estudá-los um pouco. A descrição detalhada que ele fez não corresponde a nenhuma espécie de cogumelos encontrada hoje na região do Médio São Francisco. Também a tribo indígena que ele conheceu já não existe mais há muitos anos. A localização dela está muito bem indicada no diário.

— Pelas datas que aparecem aqui, Van Egmont escreveu o diário já bem idoso — deduziu Rachid.

— Isso mesmo — confirmou frei Cornélio. — É uma espécie de caderno de memórias, baseadas em anotações que ele fez durante a viagem. Van Egmont achou importante registrar tudo o que aconteceu para legar esse conhecimento para a posteridade. Ele afirma, por exemplo, que desde a sua cura na tribo nunca mais adoeceu. Isso pode sugerir que os cogumelos fortaleciam muito o sistema imunológico de quem os ingeria. — Ele sacudiu os ombros. — Mas quem saberá saber ao certo?

— Quer dizer que um conhecimento científico que poderia melhorar e prolongar a vida de muita gente se perdeu por causa da destruição da mata e da tribo que vivia nela? — revoltou-se Júlia.

O frei balançou a cabeça com tristeza.

— As tribos indígenas brasileiras não possuíam alfabeto, filha. A transmissão de todos os seus conhecimentos, suas histórias, tradições e mitos era feita oralmente e, assim, foram passados de geração para geração. Logo, quando uma tribo desaparecia, toda a memória dela desaparecia junto, a não ser que parte dela já tivesse sido registrada no papel por algum visitante letrado, ou incorporada aos hábitos, à culinária e ao imaginário dos europeus estabelecidos no Brasil. Então, a menos que exista algum texto antigo esquecido numa biblioteca, tudo leva a crer que nunca saberemos de fato se foram os cogumelos que deram vida longa a Van Egmont, ou se ele, apenas, teve a sorte de ser um homem extraordinariamente saudável.

Conversaram um pouco mais. Cornélio falou sobre sua vida na Holanda e sobre sua vinda para o Brasil. Depois, contou por que escolhera ser um frade franciscano. Vilma, que, apesar de rica, era uma pessoa bem simples, trouxe uma bandeja com bolo de rolo e suco de acerola.

Quando o relógio marcou quatro horas da tarde, dona Olga, Júlia, André e Rachid se despediram de todos e tomaram um táxi para o aeroporto dos Guararapes, já saudosos de Pernambuco e das emoções daquela viagem inesquecível.

FIM

FICHA DE DETETIVE

O DIÁRIO PERDIDO DE PERNAMBUCO

ESTE CASO FOI...

PÉSSIMO FRACO MÉDIO BOM MUITO BOM O MÁXIMO

☐ ☐ ☐ ☐ ☐ ☐ ☐ ☐ ☐

RESOLVIDO PELO 5º INTEGRANTE DOS CAÇA-MISTÉRIOS

____

SEU NOME

André

ANDRÉ

RACHID

RACHID

Júlia

JÚLIA

Dona Olga

DONA OLGA

SOU O AUTOR

© MARCO RODRIGUES

Eu, Luis Eduardo Matta, o autor

Nome completo: Luis Eduardo de Albuquerque Sá Matta.

Idade: Nasci em 21 de novembro de 1974. Faça as contas.

Uma qualidade: Sou um cara tranquilo e boa-praça. Gosto de conversar sobre vários assuntos e de apreciar as coisas simples do dia a dia.

Um defeito: De vez em quando preciso ficar sozinho, principalmente quando tenho que escrever meus livros. Meus amigos, às vezes, ficam chateados, mas, no fundo, eles entendem.

Meu passatempo favorito: Tenho vários. Fazer longas caminhadas e ler livros que prendam a minha atenção são os principais. Também adoro assistir a bons filmes.

Meu maior sonho: Passar dois anos dando a volta ao mundo. Adoro o contato com outros povos, etnias e religiões. É enriquecedor.

Um pouco da minha vida: Nasci no Rio de Janeiro e fui criado entre a cidade do Rio e uma chácara no meio do mato. Ao mesmo tempo que me adaptei à vida na cidade grande, aprendi a viver na roça, a plantar e a colher. Minha infância tem cheiro de maresia e de grama cortada e sabor de goiaba e de maracujá.

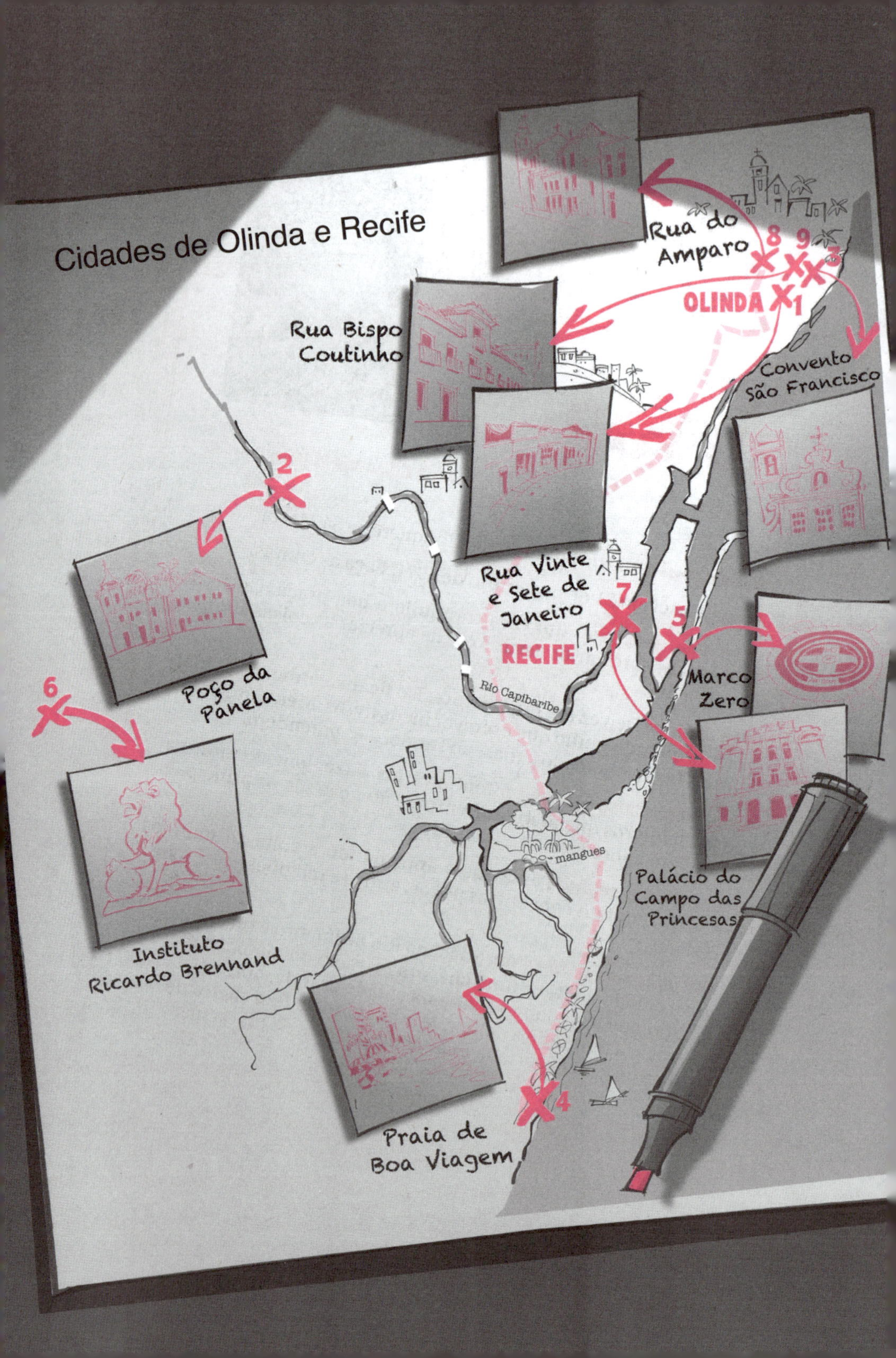

Cidades de Olinda e Recife
Rua do Amparo
8
9
3
OLINDA
1
Rua Bispo Coutinho
Convento São Francisco
2
Rua Vinte e Sete de Janeiro
7
5
RECIFE
Marco Zero
Rio Capibaribe
6
Poço da Panela
mangues
Palácio do Campo das Princesas
Instituto Ricardo Brennand
4
Praia de Boa Viagem

ENTÃO, GOSTOU DA HISTÓRIA QUE ACABOU DE LER?

E conseguiu responder a muitas questões? Agora convidamos você a conhecer uma outra história, a das cidades de Recife e Olinda, cenário de *O diário perdido de Pernambuco*. Você verá que há muitas informações interessantes e curiosidades também. Boa leitura!

A DOCE HISTÓRIA DE PERNAMBUCO

Você deve lembrar que o Brasil foi dividido, quando colônia, nas chamadas capitanias hereditárias. Ao todo, tivemos 13 capitanias, mas só duas delas foram bem-sucedidas: São Vicente e Pernambuco. Seu segredo? O açúcar.

No século XVI, Pernambuco era o principal polo de produção de açúcar da colônia — não só o clima era favorável; sua proximidade dos portos europeus, para onde o açúcar era levado, também contou pontos. Essa atividade gerou grandes lucros e transformou a região na menina dos olhos de Portugal — e de outras nações também, como a Holanda.

Para todos os gostos

Tapioca, cuscuz, macaxeira, inhame — quem não fica com água na boca? Pernambuco é reconhecido não só por sua importância histórica como também por sua comida, cuja influência principal é a culinária portuguesa. O destaque é o famoso bolo de rolo, reconhecido como Patrimônio Cultural e Imaterial do estado. Sua massa, extremamente fina, é enrolada com uma camada de goiabada derretida. Ele tem a aparência de um rocambole, mas os especialistas garantem: não é! Esse bolo é derivado de um doce português chamado "colchão de noiva", cuja massa de pão de ló era recheada com nozes. Em terras brasileiras, a receita ganhou goiaba (fruta abundante na região) e muito açúcar (dos engenhos).

OS HOLANDESES DE FREI CORNÉLIO

A Holanda foi um importante parceiro comercial de Portugal na época da colonização do Brasil. Ela foi responsável por parte do dinheiro empregado nos engenhos nordestinos e, em troca, transportava sua produção para a Europa, onde refinava e comercializava o açúcar.

Essa parceria funcionou bem até dom Sebastião, rei de Portugal, desaparecer misteriosamente na batalha de Alcácer-Quibir, em 1578, no Marrocos. Sem herdeiros, foi iniciada uma briga pela sucessão do trono que culminou na União Ibérica (1580-1640), juntando as coroas portuguesa e espanhola.

Pouco tempo antes, os holandeses tinham proclamado sua independência do Império Espanhol; os espanhóis, então, buscando uma retaliação econômica, proibiram o comércio de seus produtos coloniais pelos holandeses — o que incluía o açúcar brasileiro. Em resposta, os holandeses criaram em 1621 a Companhia das Índias Ocidentais, cujo objetivo era restabelecer o comércio do açúcar.

Depois de uma invasão frustrada em Salvador, em 1624, um novo alvo foi atingido: Pernambuco. O ataque começou pelo porto de Recife em 1630, e, com a ajuda de Domingos Fernandes Calabar, proprietário de terras alagoano, os flamengos conseguiram ocupar Olinda, então capital de Pernambuco, e consolidar o domínio holandês em 1636. Nesse mesmo ano, foi nomeado um governador para administrar o chamado "Brasil holandês": Maurício de Nassau. Entre 1636 e 1644, ele foi responsável por transformar Recife na "Cidade Maurícia".

Os "causos" de Recife

As histórias misteriosas não são privilégios dos portugueses. A cidade de Recife conta com uma série de "causos" fantásticos, alguns deles assustadores! Boa parte deles foi compilada pelo antropólogo, sociólogo e historiador Gilberto Freyre — outro filho ilustre da terra — em sua obra *Assombrações do Recife Velho*. Uma dessas histórias, famosa nacionalmente, é a do Papa-Figo. Conta a lenda que um rico recifense começou a transformar-se em lobisomem. Para acabar com esse mal, só havia um remédio: comer fígado de crianças!

A "CIDADE MAURÍCIA" DE NASSAU

Maurício de Nassau tencionava transformar Recife na capital do Brasil holandês. Para isso, trouxe em sua comitiva uma série de profissionais e artistas para planejar a cidade. O projeto ficou a cargo do arquiteto Pieter Post (irmão do famoso pintor Frans Post). Grandes obras públicas foram construídas — algumas delas pioneiras, como a ponte Maurício de Nassau, considerada a primeira ponte de grande porte da América Latina.

O objetivo desse investimento era ganhar a confiança da elite local e garantir, assim, o domínio holandês. Para isso, além das melhorias na cidade, ele reduziu impostos, permitiu a liberdade de culto e incentivou o plantio de outros gêneros agrícolas voltados à subsistência, como a mandioca — base da tapioca e de outras iguarias da região. Essa disposição de Nassau, no entanto, não agradou seus companheiros holandeses, os quais desconfiavam que o administrador queria, na verdade, fundar um império pessoal em Pernambuco.

A escrita da história da colônia

O principal registro de nossa história colonial é constituído por relatos dos cronistas europeus. A prática de se escrever crônicas tem origem na Idade Média, período no qual as ordens religiosas designavam um cronista para guardar a memória de suas atividades. No período das Grandes Navegações (entre os séculos XIV e XVI), os cronistas acompanhavam os viajantes com o mesmo objetivo. Seus tratados tinham temas variados — desde botânica, como os de Willem Piso, à organização da colônia, como a *História da Província Santa Cruz a que vulgarmente chamamos Brasil*, escrita por Pero de Magalhães Gândavo (1540-1580).

Por conta disso, houve a demissão de Nassau em 1644, e esse foi o começo do fim para os holandeses. Descontente com o novo governador, a população uniu-se às tropas portuguesas. Entre 1645 e 1654, aconteceu a primeira das grandes revoltas da região, a Insurreição Pernambucana, que expulsou os holandeses do Brasil e devolveu as antigas possessões a Portugal. Felizmente, parte do que os holandeses ergueram ainda pode ser vista pelas ruas e construções do centro de Recife, o que transforma a cidade em um museu a céu aberto.

A RIXA ENTRE AS CIDADES-IRMÃS

Com a expulsão dos holandeses, Olinda começou a passar por momentos difíceis. Em pouco tempo, a cidade viu seu açúcar perder mercado para a produção holandesa, ativa nas ilhas do Caribe. Ao mesmo tempo, Recife continuava a se desenvolver, já que um considerável núcleo de comerciantes portugueses (os mascates) ali permaneceu. O conflito entre as duas cidades estava apenas começando.

Endividados, os senhores de engenho passaram a pedir empréstimos aos prósperos vizinhos recifenses, os quais, apesar de economicamente fortes, não tinham o mesmo poder político dos olindenses — o que dificultava, inclusive, a cobrança das dívidas. Somado a isso, os senhores aumentaram os impostos sobre a cidade de Olinda, que à época incluía a administração de Recife.

Os mascates reagiram e conseguiram a elevação de Recife à categoria de vila em 1710. A partir de então, tornaram-se independentes da capital da província: não eram obrigados a pagar impostos a Olinda e poderiam, inclusive, organizar sua própria câmara. O estopim do conflito deu-se no mesmo ano, na delimitação de suas fronteiras, quando se iniciou a Guerra dos Mascates.

A guerra durou cerca de um ano, até que a Coroa portuguesa interveio. Um novo governador nomeado para Pernambuco conseguiu apaziguar os ânimos, dividindo o governo da região entre as duas cidades. Um século depois, em 1837, a administração foi novamente concentrada, dessa vez em Recife, elevada à capital da província. A mudança não agradou aos olindenses, mas, desde então, os conflitos mais graves entre as duas cidades cessaram.

POVO GUERREIRO

As lutas empreendidas em Pernambuco não acabaram por aí. Na primeira metade do século XIX, os pernambucanos se envolveram em mais três conflitos importantes.

O primeiro deles é a Revolução Pernambucana de 1817. Pernambuco estava bastante insatisfeito com a administração portuguesa, a qual, segundo os revoltosos, atendia apenas às necessidades da capital da colônia, o Rio de Janeiro (que desde 1808 abrigava a onerosa corte da Família Real), deixando as demais regiões abandonadas. Esse descontentamento agravou-se com a crise econômica do açúcar e do algodão, que estavam decadentes. Partindo de Recife, os pernambucanos, liderados, entre outros, por Frei Caneca, proclamaram sua independência e instauraram ali um governo republicano — o nosso primeiro. Durou pouco mais de três meses, mas foi suficiente para avisar à Coroa de que nem tudo ia bem em sua mais valiosa colônia.

O religioso revolucionário

© A EXECUÇÃO DE FREI CANECA, DE MURILLO LA GRECA / COLEÇÃO MURILLO LA GRECA, RECIFE / ARQUIVO DA EDITORA.

Frei Joaquim do Amor Divino Rabelo, ou Frei Caneca, foi um religioso e político pernambucano. Exerceu a função de professor de Retórica e Filosofia até se envolver com a ideologia liberal, a qual defendeu em seu jornal *Typhis Pernambucano*. Participou da Revolução Pernambucana e da Confederação do Equador, quando foi enfim capturado pelas tropas imperiais. Foi condenado à morte na forca; porém, por conta de sua carismática figura e pelo fato de ser um religioso, seus carrascos se recusaram a aplicar a pena. Por fim, foi fuzilado por um segundo pelotão. Até hoje, não se sabe onde seu corpo foi enterrado.

Após a independência do Brasil, em 1822, uma outra oposição ao governo foi organizada, novamente com a ajuda de Frei Caneca. A Confederação do Equador de 1824 revoltara-se contra o governo de dom Pedro I, que outorgara naquele ano uma nova Constituição, a qual descontentara a muitos. Com a adesão do Ceará, Rio Grande do Norte e Paraíba, proclamou-se a independência da região e a organização de uma república liberal. A repressão imperial foi violenta e dissolveu mais esse projeto político, mas não calou os liberais pernambucanos em definitivo.

Entre 1848 e 1850, Pernambuco foi palco da Revolução Praieira, o último movimento revolucionário ocorrido no Brasil Império. O Partido da Praia, inspirado nas ideologias liberais europeias, escreveu o *Manifesto ao Mundo*, o qual defendia, entre outras medidas, o voto livre e universal. Apesar de mais duradouro que os movimentos anteriores, ele também foi vencido pelas tropas do Império.

RECIFE E OLINDA NOS SÉCULOS XX E XXI

No século XX, Recife e Olinda continuaram a se desenvolver, ligadas à agricultura, ao setor de serviços e ao turismo. Neste último, hoje, sua expressão mais significativa é o Carnaval, que atrai multidões todos os anos. Em conjunto, essas cidades promovem o Complexo Turístico-Cultural Recife/Olinda, que pretende valorizar e divulgar o patrimônio cultural da região.

O patrimônio cultural e histórico dessas cidades é financiado e mantido, em grande parte, por doações privadas e pela Fundação do Patrimônio Histórico e Artístico de Pernambuco, a FUNDARPE. Dentre suas metas, está a adequação entre turismo e conservação da cultura material e imaterial que marcam a identidade do povo pernambucano. Muitos esforços são realizados nesse sentido, mas as iniciativas ainda não conseguem atender à demanda: muitos prédios históricos ainda estão abandonados, deteriorados tanto pela falta de investimento em sua conservação como pelo descuido da população – local e turística.

É o "frevedouro"!

O Carnaval de Olinda e Recife é muito famoso no mundo todo. Suas origens remontam ao século XIX. Com a Proclamação da República, vários clubes foram fundados na cidade – inclusive o Vassourinhas, de 1889. Esses, no entanto, ainda guardavam muitas referências europeias. Em oposição, foi fundado em 1901 o Clube de Alegorias e Críticas dos Cara-Duras, que saíam pela cidade no sábado anterior à terça-feira de Carnaval executando marchas e polcas aceleradas. Sua animação causava um "frevedouro" de gente pelas ruas, dançando freneticamente. Daí surgiu o que conhecemos hoje como frevo! Sua coreografia é inspirada nos golpes de capoeira, e sua melodia é uma mistura do repertório de bandas militares do século XIX com maxixe, tango brasileiro, quadrilha, galope, dobrado e polca.

Além do turismo, Recife também é considerada um importante polo tecnológico no país, com destaque para o desenvolvimento de *softwares* (a cidade conta com muitas empresas desse ramo). Não à toa, ela é avaliada como uma das capitais mais desenvolvidas do Nordeste, com significativo crescimento econômico e populacional.

Não só de Carnaval e frevo vive a música pernambucana

O frevo com certeza é o que chama mais atenção no Carnaval pernambucano, mas outros ritmos também invadiram a esfera da música local. Entre os de maior expressão, está o *mangue beat*, que mistura ritmos regionais, como maracatu, coco e ciranda, com outros globais, como rock, hip-hop, funk e música eletrônica. Seus idealizadores divulgaram o manifesto "Caranguejos com cérebro" (1992), que lançou suas bases na contracultura. O *mangue beat* propunha ser tão rico como a cultura e a biodiversidade do mangue, ao mesmo tempo que incorporava elementos urbanos diversos e veiculava críticas à desigualdade social. Os principais expoentes são os grupos Nação Zumbi (cujo vocalista da primeira formação, Chico Science, faleceu em 1997) e Mundo Livre S/A, entre muitos outros.

OLINDA E RECIFE NA HISTÓRIA DO LIVRO

Quer conhecer Olinda e Recife? Pois você vai ficar ainda mais interessado quando souber detalhes sobre alguns dos lugares visitados pelos nossos detetives:

- Centro histórico de Olinda: tombado como patrimônio histórico, começou a ser construído no século XVI. Diferentemente de Recife, cuja arquitetura foi influenciada pelos holandeses, suas construções guardam traços do barroco português — com destaque para os azulejos. Eles não só eram utilizados para pintar gravuras religiosas, como também eram muito úteis para combater o calor! Nele encontram-se a catedral de Olinda, o mosteiro de São Bento, o convento de São Francisco e a igreja de Nossa Senhora do Carmo.

- Poço da Panela: os primeiros moradores datam do século XVII, e suas terras pertenciam ao Engenho Casa Forte. Por volta de 1680, uma forte epidemia de febre amarela assolou Recife, e curandeiros da região defendiam que banhos nas águas do rio Capibaribe, cujo leito passa pelo Poço da Panela, tinham efeitos medicinais. Com essa notícia, muitas pessoas ricas passaram a frequentar a região no século XVIII, sendo construídos grandes casarões e sobrados de veraneio. Hoje, é um bairro residencial habitado pela elite recifense.

CASARÃO NO POÇO DA PANELA HOJE.

O BAIRRO POR VOLTA DE 1847.

• Instituto Ricardo Brennand: Ricardo Brennand, um importante empresário pernambucano fascinado por objetos históricos, começou, em 1940, a colecionar armas brancas (como espadas) e conseguiu formar um dos maiores acervos privados do mundo. Em 2002, ele inaugurou um instituto cultural voltado à preservação de seu acervo pessoal e à aquisição de peças e obras de arte relativas ao Brasil holandês. Desde então, o Instituto Ricardo Brennand é uma das referências culturais e artísticas de Recife.

• Sinagoga Kahal Zur Israel: localizada no centro histórico de Recife, esta sinagoga foi a primeira construída nas Américas. A "rocha de Israel" (tradução de seu nome em hebraico) permaneceu ativa até a expulsão dos holandeses. Fechada pela Inquisição, voltou a funcionar com o advento da República, que permitia a liberdade de culto. Hoje ela funciona como sede do Centro Judaico de Pernambuco.

A SINAGOGA ATUALMENTE.

- Praia de Boa Viagem: com aproximadamente sete quilômetros de extensão, é protegida por uma barreira de recifes naturais, que dá nome à cidade. Atualmente, em sua orla há hotéis e condomínios de luxo. Sua beleza natural a transformou em um dos cartões-postais da cidade. Os ataques de tubarão podem acontecer quando banhistas se aventuram para além dos recifes. No entanto, é só obedecer à sinalização que não haverá problemas — a diversão é garantida!

CIDADE MAURÍCIA E RECIFE, POR VOLTA DE 1635.

RESPOSTAS DOS ENIGMAS

P. 18: A "bruxa" quer o diário de um frade.

P. 40: Ela ocultou a viagem do frei e está apenas fingindo a calma.

P. 58: A casa do frei.

P. 62: Porque freis franciscanos usam um hábito marrom.

P. 75: Aline, pois ela estava no apartamento.

P. 95: Madame Delphine, que é amiga de Walter Blom.

P. 99: Walter Blom, da reportagem na p. 78.

P. 104: O sapato pode incriminar madame Delphine.

P. 142: Como a conversa foi em holandês, o homem era Walter Blom.